Philip Le Roy

En la casa

© 2019, Rageot-Editeur, Paris, 2019
© 2019, Editorial del Nuevo Extremo S.L.
Rosellón, 186, 5º- 4ª, 08008-Barcelona, España
Tel (34) 930 000 865
e-mail: info@dnxlibros.com
www.delnuevoextremo.com

Diseño de cubierta: Luz de la Mora
Corrección: Sara Mendoza

Primera edición: octubre de 2020

ISBN 978-84-18354-41-0
Depósito legal: B 15389-2020

Reservados todos los derechos. Ninguna parte de esta publicación puede ser reproducida, almacenada o transmitida por ningún medio sin permiso del editor.

Impreso en España - *Printed in Spain*

A mis hijas, que crecieron con el cine de terror.

¿La diferencia es una riqueza?

PRÓLOGO

¿Cómo podían haber desaparecido ocho adolescentes en el transcurso de una velada? La pregunta daba vueltas sin cesar en la cabeza de los agentes que inspeccionaban la casa vacía.

El inspector Sevrant contemplaba la hermosa construcción, un antiguo granero aislado en el Col de Vence, ahora transformado en un chalé de diseño. Faltaba acondicionar el acceso, elevar un pequeño muro y construir la piscina. Una excavación de doce metros por seis ya estaba preparada para la colocación de la pileta. Los hombres de Sevrant habían volteado los toldos, rebuscado entre las herramientas y los materiales de construcción y examinado los deslizamientos de barro provocados por las fuertes lluvias de la noche. Frustrados, se habían ido desplegando por el bosque.

Los ocho estudiantes se habían citado la víspera, por primera vez en esa mansión, que pertenecía a la familia de uno de ellos.

Sus padres los habían llevado hasta allí en coche el sábado, cerca de las seis de la tarde, y debían volver a buscarlos a la mañana siguiente. Pero, a las once del domingo, la madre de una de las adolescentes había encontrado la casa desierta e inmediatamente había alertado a las autoridades.

Los perros de la policía tiraban de las correas y ladraban en dirección al bosque. Había vuelto a llover y eso complicaba la búsqueda.

Los primeros indicios descubiertos en la casa eran a la vez extraños e inquietantes: impactos de balas, suelos cubiertos de piedras y escombros, manchas de sangre, trozos de vidrio, sillas y muebles volteados, largos rastros de sal en el suelo... Había tablas de madera clavadas sobre la puerta del garaje y del sótano. Parecía que los jóvenes se habían estado defendiendo de una amenaza exterior.

¿Un asesinato? Pero en ese caso, ¿dónde estaban los cuerpos?

¿Un secuestro? Pero ¿cómo secuestrar simultáneamente a ocho personas?

Unos ladridos lejanos, intercalados entre silbidos, precedieron el chisporroteo que salió del walkie-talkie del inspector Sevrant:

—¡Los perros han olido algo, inspector! —vociferó el subinspector Dolfi desde el aparato.

—¿Dónde están?

El inspector esperó una respuesta, que tardaba en llegar.

—¿Dígame dónde está subinspector?

—¡... Meseta del Diablo!... *Crrrrrrrrrrr....*

Había interferencias en la comunicación.

—Dolfi, ¿me oye?

—*Crrrrrr....*¡... ierda! ¿Qué es eso?.... *Crrrrrr...*

— ¡Subinspector, explíquese!

—*Crrrrrr...* mejor que lo vea usted mismo... *Crrrrr...* Voy a buscarle...

El inspector Jean-Paul Sevrant avanzó bajo la lluvia al encuentro del subinspector.

Para poder comprender lo que los policías iban a descubrir, antes tenemos que explicar cómo se llegó a esta situación. Y solo hay una persona que pueda hacerlo: la que ha escrito este relato.

Primera parte
LOS OCHO

1.

«Los Ocho» era el nombre de un grupo de alumnos del último curso de bachillerato especializado en Artes Aplicadas del Liceo Matisse de Vence, considerado el mejor instituto de la zona en esa materia. Formaban una banda atípica, excéntrica y, sobre todo, constituida por los elementos más talentosos de la clase. El *gang swag*, los llamaban quienes los envidiaban. Un grupo de payasos engreídos, decían quienes los detestaban. A veces, incluso los profesores se veían superados por las ideas vanguardistas de estos ocho alumnos. El pequeño clan no tenía líder. Cada uno destacaba en lo suyo, y desdeñaban toda jerarquía entre ellos. Las chicas eran Camille, Marie, Léa y Mathilde. Los chicos, Quentin, Maxime, Mehdi y Julien.

Camille era guapa, rubia y rica. Todos los chicos del liceo, incluso algunos profesores, se daban la vuelta al verla pasar. Se gastaba el dinero en modelitos, zapatos, bolsos, joyas y también en la danza, que practicaba de forma intensiva. Sin embargo, era consciente de que sus pechos, demasiado grandes, le impedirían tener una carrera de bailarina. Camille era culta ya que sus padres la habían llevado a todos los museos del mundo. Su ambición, a falta de ser la nueva Sylvie Guillem, era la de seguir los pasos de Coco Chanel.

Marie desbordaba inteligencia. Detrás de sus gafas y sus largos mechones rizados, se dejaba la vista leyendo los clásicos de la literatura fantástica y viendo películas viejas. Siempre se vestía de blanco y negro, como si viviera en el universo de Orson Welles o de Charles Chaplin (Charlot). Pocas veces se apartaba de su cámara de fotos, su tercera gran pasión. Su sueño era trabajar como técnica de efectos especiales.

Léa, pelirroja, pálida y de grandes ojos claros, era una chica hipersensible y llena de dudas, pero también tan audaz como el personaje shakespeariano de Hamlet, su ídolo. Con un don para la escultura, había desarrollado un sentido del tacto muy especial. Salía con Quentin, uno de los chicos del grupo de Los Ocho, y eso alteraba un poco el equilibrio de la banda.

Mathilde era la más descarada. Cabellos plateados, tatuajes impresionantes, ropa vintage con un toque gótico, buena conversadora, extrovertida, sin tabúes ni límites, encadenaba una conquista tras otra (así lo decía ella), bebía y fumaba, no solo tabaco.

Quentin estaba forrado. Era un niño de papá, hijo de unos arquitectos muy reconocidos que habían transformado el antiguo granero familiar en una mansión digna de figurar en la portada de la revista *Architectural's Digest*, y estaba destinado a trabajar en el estudio de de sus padres después del instituto. Con sus vaqueros agujereados y jerseys gastados, mantenía un estilo de «pijipi» (pijo-hippie) con tendencia hacia lo *grunge*, para la gran desesperación de Léa y sobre todo de Camille, que lo llamaba «terrorista de la moda». Había creado un canal de YouTube en el que se entrenaba en el «arte cómico contemporáneo». Para su examen oral de fin de año, trabajaba en una obra de arte que debía hacer reír.

En cuanto a Maxime, no se tomaba nada demasiado en serio, salvo el arte, la guitarra y la comida. De hecho, él era «el gordo» de la banda. También le gustaba el póker. Su sueño era vivir del juego para poder ejercer su arte sin preocuparse por el dinero.

Mehdi era el guaperas. Conquistador y burlón. Había logrado acostarse con varias chicas, pero con ninguna del grupo de Los Ocho. Con un don para las ventas, era capaz de hacer que un dibujo de su sobrina de cuatro años pasara, a oídos de quien lo escuchaba, por una obra de arte. Además de las chicas, le apasionaban los videojuegos. Su ambición era convertirse en subastador o curador de exposiciones, a menos que Hideo Koyima[1] lo contratara algún día en su estudio de producción.

Julien, el octavo miembro de la banda, era un dibujante talentoso, casi siempre de cuerpos de efebos y héroes musculosos. Julien prefería a los chicos. No lo escondía, sobre todo para molestar y provocar a los homófobos, pero tampoco lo reivindicaba. Su proyecto de fin de curso era un cómic protagonizado por un superhéroe gay.

---

1. Hideo Koyima es un creador y productor de videojuegos, principalmente conocido por la serie *Metal Gear*.

2.

—¡En tres semanas podremos montar una fiesta en el Col de Vence! —exclamó Quentin.

Había anunciado aquella noticia a sus compañeros, que conversaban animadamente en el camino de palmeras que llevaba a la entrada del Liceo Matisse, como si fuera todo un acontecimiento.

—¿Ya han terminado las obras? —preguntó Camille.

—Solo falta arreglar los exteriores y la piscina, pero dentro de la casa está todo listo. Ya hemos empezado la mudanza. Mis padres estarán en Italia. Están de acuerdo en que organicemos una fiesta ese *finde*.

—¡Sííí! —exclamó Maxime—. Yo llevo comida, guitarra y las cartas.

—Olvídate del póker, ya sabes que no me gusta —objetó Camille.

—¿Noche de *beer-pong*, entonces?

—Si por eso entiendes que vamos a beber, fumar y divertirnos, yo me apunto —asintió Mathilde.

—¿Podremos ir? —preguntó Margot, una compañera de clase que se había acercado intrigada por los gritos.

Quentin se negó inmediatamente:

—¡Fiesta privada, como siempre!

—Pues ya podrías ampliar el círculo —replicó Margot—. Para la inauguración de la nueva casa, al menos…

—¿Y por qué no invitas a toda la clase, ya que estamos?

—¿También a los profes? —se burló Maxime.

—¿Y si cambiamos las normas solo por esta vez? —sugirió Léa.

—¿Qué? ¿En serio quieres invitar a los profes?

—No, quiero decir que no estamos sistemáticamente obligados a pasar la noche emborrachándonos y divirtiéndonos a lo tonto.

—Tengo la impresión de que quieres proponernos algo original —dijo Quentin.

—A ver cómo nos lo vendes —la desafió Mehdi.

—Bueno, pero ¿nos invitas o no? —insistió Margot.

—No —respondió Quentin.

—¿Sabes por qué no podemos dejarte entrar al grupo de Los Ocho? —intervino Julien.

Recostado sobre el muro, contemplaba la transparencia de las hojas de palmeras salpicadas por el sol de primavera. Su pregunta provocó un silencio breve. Todos sabían la respuesta.

—¡Vete a la mierda! —lo insultó Margot.

—¡Lávese la boca, señorita! —subrayó Julien sin molestarse.

Margot se alejó con sus amigas encogiéndose de hombros y chocándo con Clément, un alumno cuya timidez y soledad contrastaban con su altura y corpulencia. Los Ocho lo llamaban «el Gran Inútil».

—¿Vosotros no estáis hartos de las fiestas en plan estúpido? —insistió Léa.

—¿Lo dices porque el suicidio de Manon todavía te tiene mal? —adivinó Quentin.

—Bueno, no me he olvidado de que ella se sentaba a mi lado en clase hasta hace muy poco. Y ni siquiera me di cuenta de nada...

—Pues entonces no tenemos más que invitar al Gran Inútil —propuso Maxime—. Si viene podrás estar tranquila, seguro que no nos divertiremos nada.

Clément hizo como que no lo había escuchado y se sentó discretamente contra el muro, a los pies de Julien, con la esperanza secreta de que algún día lo admitieran por fin en el grupo. Clément se encontraba entre los que admiraban a Los Ocho. Él también quería pertenecer a la élite, pero, sobre todo, estaba perdidamente enamorado de Camille. De esto último todo el mundo se había dado cuenta.

—¡Una noche de aburrimiento total! Joder, sí que nos has vendido bien tu idea —soltó Mehdi a Léa.

—¿Y si organizamos una noche de terror? —sugirió Quentin, que buscaba apoyar la idea de su novia—. En lugar de hacer juegos del tipo «el que se ríe, bebe», hacemos otros en los que «el que se asusta, bebe».

—Con frases como esa no llegarás muy lejos con tu ensayo final —señaló Mathilde, concentrada en liarse un cigarrillo.

—Mira, hablando de ensayo, por ahí viene la intelectual.

Marie corría hacia ellos con un bolso en bandolera y un libro en la mano. El rostro, enrojecido después de la carrera, contrastaba con su ropa blanca y negra.

—¡Guau! ¿Hoy te has puesto algo de color, Charlot? —la increpó un compañero de clase llamado Kevin.

La burla desató una risotada de su amigo Alex. Después de lanzar una mirada de desprecio a los dos estudiantes, que tenían la costumbre de vaguear frente a la puerta del instituto hasta que sonaba el timbre, Marie pasó de largo para reunirse con el grupo.

—¡Eh, Rima[2]! ¿Tarde otra vez? —la interpeló Maxime.

—¡Ha sido un infierno! —respondió agitada—. Desde que he salido de la cama hasta aquí, he tenido que tragarme a un montón de locos al volante, autobuses retrasados, masas de trabajadores malolientes…

Recuperó el aliento para prolongar su interminable frase, gritando en la última parte.

—… y, para colmo, voy y me cruzo con esos dos futuros «ninis» que no tienen más utilidad que la de recordarnos lo miserable que es nuestra existencia.

—¡Eh! ¿Nos has llamado futuros «ninis» a nosotros? —reaccionó Kevin, que lo había escuchado todo.

—Cuando solo tienes una neurona corres ese riesgo…

Kevin y Alex se aproximaron, amenazantes.

Mehdi se acercó e intentó negociar una tregua.

—Bueno, chicos, calma.

—Entonces, que ella se disculpe.

—¿Por qué me voy a disculpar? —exclamó Marie.

—Por lo que has dicho.

—¿Qué he dicho?

—No lo he escuchado del todo, pero no sonaba bien.

—Venga, la pobre ha llegado tarde y está un poco estresada, dejémoslo ahí —alegó Mehdi.

Desgraciadamente, esa no era esa la intención de Kevin. Apuntó a Marie con un dedo acusador.

---

2. N. del T.: En Francia es muy común que los adolescentes hablen en «verlan», que significa al revés. Dividen las palabras en sílabas y las vuelven a colocar en orden inverso. Así «merci» (gracias) se transforma en «cimer» y Marie en Ri(e)ma.

—Ya estamos hartos de que seáis tan chulitos y tan creídos, tú y tus compañeros de «Artes Aplicadas».

—¿Y qué piensas hacer para remediar eso? —preguntó Mehdi con el tono de un vendedor que trata de ponerse en el lugar del cliente.

—Daros una lección.

—Eso —aprobó Alex, que parecía pasar más tiempo haciendo pesas en el gimnasio que en clase.

—Cuando queráis —los desafió Mehdi.

Camille, Léa, Mathilde, Quentin y Maxime se pusieron detrás para apoyar a Mehdi y Marie. Entonces Clément se interpuso, superaba a todo el mundo por una cabeza.

—¡Largaos de aquí! —ordenó a Kevin y Alex.

Kevin miró los puños del Gran Inútil y se desinfló.

Justo en ese momento, sonó el timbre de entrada.

—¡Salvados por la campana! —dijo Mehdi.

—Ya os daremos vuestro merecido.

—Sí, claro, ¡pues volved pronto a para soltarnos más frases hechas como esa! —soltó Marie.

Kevin y Alex le clavaron sendas miradas oscuras antes de mezclarse entre la masa blanda de estudiantes que entraban en el instituto. Kevin se volvió por última vez hacia el grupo y les hizo el gesto de cortarse la garganta con el pulgar en señal de amenaza.

—¡Qué idiotas! —exclamó Marie.

—Y tú ten más ojo con lo que dices —atemperó Medhi.

—Gracias por tu ayuda —soltó Julien a Léa, que no se había movido del muro.

—¿A qué querías que os ayudara? Estabais todos ahí enseñando músculos. No ha pasado nada grave, que yo sepa. Además, esos dos tíos han tenido miedo del Gran Inútil. ¡Así que tranquilos!

—Gracias por intervenir —dijo Marie a Clément.
—De nada.
—Vamos —los arengó Camille.
—¿De qué tenemos clase? —preguntó Camille.
—Dibujo —respondió Clément.

El grupo se desplazó hacia las rejas, seguido de cerca por el Gran Inútil.

—Me da pena ese chico —susurró Léa.
—¿Quién? ¿Kevin? —se burló Quentin.
—¡No, Clément, idiota!
—¿Clément idiota?
—Ja-ja-ja —Léa dejó escapar una risa forzada.

El Gran Inútil todavía no se había separado de ellos.

—Está loco por Camille —comentó Mathilde.
—La mitad del liceo está colado por Camille —subrayó Mehdi.

La atención se centró entonces en Clément, que cruzó miradas con Camille. El rostro del chico enrojeció.

—Pobrecito, se ha puesto rojo —se burló Mehdi.
—Déjalo —dijo Camille.
—Pero si es él el que no nos deja.
—Podríamos sumarlo a nuestro grupo, ¿no? —sugirió Mathilde.
—¿En serio? —se animó el interesado.
—¿Qué? ¿En Los Ocho?
—Habría que cambiar el nombre, en ese caso —soltó Marie.
—¿Como el grupo de Los Nueve? —dijo Quentin.
—No podemos —objetó Léa. Por respeto a Manon.
—¿Qué tiene eso que ver?
—A Manon le hubiera gustado ser una de los nuestros.
—¿De qué hablas? —se sorprendió Quentin—. Pero si siempre nos ignoraba.

—Porque no se atrevía a hablarnos… Incluso me pregunto si su depresión no tendría algo que ver con su soledad.

—¿Ahora nos vas a decir que se suicidó por nuestra culpa?

—No, pero nuestra indiferencia pudo sumar, como muchas otras cosas.

Julien se volvió hacia Clément.

—Eh, amigo, a ver si nos tranquilizas. ¿Tienes intención de suicidarte por nuestra culpa?

—¿Qué?

—¡Eres un imbécil! —soltó Léa a Julien.

—¿Por qué me preguntas eso? —balbuceó Clément.

—¡Míralo, está pálido! —observó Mathilde.

—Ha pasado del rojo al blanco —destacó Quentin.

—Perdóname, tío —se disculpó Julien—. Creo que todos hemos empezado mal el día.

—Pero yo os había traído buenas noticias —les recordó Quentin.

Seguía pensando en su proyecto de fiesta en la casa del Col de Vence.

—Os he escuchado antes —admitió Clément—. Me parece genial, una noche para dar miedo. Puedo daros algunas ideas si queréis.

—¿Por qué? ¿Ahora eres un experto en sustos?

Me gustan las películas de terror.

—¿Cuál es tu preferida?

—Ehhh… *El Exorcista.*

—Qué original.

—*El exorcista* ya no asusta a nadie —fanfarroneó Maxime.

—Pues, según tú, no hay ninguna película interesante de antes de tu nacimiento —lo atacó Marie.

—«¡El poder de Cristo te obliga! ¡El poder de Cristo te obliga!» —recitó Maxime imitando al padre Merrin en la película, cuando trata de exorcizar a la pequeña Regan.

—Dejad de burlaros de él —protestó Camille.

—Ya está, el Gran Inútil ha recuperado el rojo ahora que Camille lo defiende —notó Quentin.

—Cam tiene razón —dijo Léa—. No es divertido.

—También os puedo nombrar *Los sin nombre*, *The Ring*, *REC*, *La Maldición*, *Están entre nosotros*, *It*, *El orfanato*, *La huérfana*, *La parada de los monstruos*, *Las colinas tienen ojos*, *Profondo Rosso*... ¿mejor así? —les preguntó Clément cortante.

Lo miraron como si acabara de hacer un número de claqué.

—¿Qué versión de *Las colinas tienen ojos*? —lo interrogó Mathilde.

—La de Alexandre Aja. Mucho mejor que la original de Wes Craven.

—Totalmente —aprobó Mathilde.

—No sé si lo sabéis, pero tenemos clase y han cerrado la reja —les advirtió Marie.

Quentin miró a Léa, que hizo un gesto con la cabeza para incitarlo a aceptar a Clément.

—Bueno, de acuerdo —cedió—. Estás invitado a la fiesta, Gran Inútil, pero eso no quiere decir que seas parte de nuestra banda.

3.

Las tres semanas siguientes pasaron con más lentitud para Clément y Los Ocho. Auguraban un fin de semana inquietante y fuera de lo común en el Col de Vence. Cada uno de los amigos se las ingeniaba en el mayor de los secretos para preparar algo terrorífico, lo que los distraía de sus proyectos de fin de año, a los que debían consagrarse todos los alumnos del último curso del liceo de Artes Aplicadas. Ya estaban en el mes de abril y la fecha de la presentación oral de una obra de arte original se acercaba. El profesor que les había pedido ese trabajo era un ferviente admirador de Abraham Poincheval, un artista contemporáneo adepto de las *performances* en espacios reducidos. Poincheval se había hecho famoso por encerrarse en un hueco excavado en una gran roca durante ocho días para experimentar el proceso de fosilización, y por haber permanecido trece días dentro del vientre de un oso embalsamado para vivir en sintonía con el animal.

La enseñanza del arte contemporáneo influía mucho en las creaciones de los alumnos, que ese año debían tratar el tema de *la diferencia como una riqueza* en sus proyectos.

Algunos de ellos preferían mantener su obra en secreto. Se sabía que Camille estaba confeccionando un vestido de novia hecho de papel higiénico.

En contra del criterio de sus padres, que hubieran preferido verlo preparar un proyecto de arquitectura, Quentin trabajaba en una obra de arte que hiciera reír.

Maxime se mantenía ambiguo sobre lo que iba a presentar. A aquellos que le preguntaban respondía solamente que ya tenía el título: «Papeo, farol, ruido».

Mehdi también era dado a la provocación. «Nadie se imagina lo que voy a desvelar, ni siquiera yo, ¡pero os prometo que será algo increíble!», respondía a los que se interesaban. Y así todos tenían aún más ganas de saber lo que sería.

Julien se dedicaba plenamente a su cómic, que ponía en escena a un superhéroe enamorado de Superman. Los pocos que habían tenido el privilegio de ver algo de su trabajo estaban impresionados por la delicadeza de sus ilustraciones.

En cuanto a Clément, para hacerle la pelota al profesor, quería inspirarse directamente de Abraham Poincheval e intentaba imaginarse dentro de qué podría encerrarse para hacer una performance original.

El viernes anterior a la noche de terror en el Col de Vence, los veintinueve alumnos del último año de Artes Aplicadas recogían sus cosas pensando en el fin de semana, que por fin llegaba. Pero nueve de ellos pensaban en ello con más intensidad.

Poco después de las 18h, un enorme Audi se detuvo delante de la casa, anegada bajo la impresionante tromba de agua. Las puertas de delante y de atrás se abrieron para dejar salir un par de paraguas. Camille, su madre y Julien, que había aprovechado el viaje, se cubrieron y se precipitaron bajo el tejadillo de la entrada, que la lluvia torrencial martilleaba con un estrépito capaz de despertar a los muertos. Quentin abrió la puerta.

—¡Entrad, rápido!

Los recién llegados se agruparon en el vestíbulo, su ropa goteaba, dejando un charco sobre las baldosas de piedra blanca.

—¡Buenas tardes, señora Souliol! —dijo Quentin al darse cuenta de que había entrado con los dos jóvenes.

—¿Has invitado a tu madre? —preguntó Maxime a Camille.

Había sido el primero en llegar y ya tenía un vaso en la mano.

—No me tranquiliza la idea de dejaros solos en esta casa —les confesó Estelle Souliol.

—Mamá, no empieces —gimoteó su hija comprobando en el espejo que su maquillaje no se había corrido.

—No hay nada que temer, señora —aseguró Quentin.

—Estáis completamente aislados. Hemos recorrido veinte kilómetros sin ver ni una sola construcción ni cruzarnos con otro vehículo.

—¿Y de qué deberíamos tener miedo? Estaremos protegidos dentro de la casa.

—¿Al menos os podremos llamar? Estoy segura de que ni siquiera hay cobertura aquí.

—Mamá, por favor.

—Mi padre instaló un amplificador celular para teléfonos móviles —explicó Quentin señalando una caja blanca en la entrada. También hay cámaras de vigilancia por todas partes, conectadas a un sistema de alarma.

—Tus padres han hecho de esta casa una vivienda magnífica.

—Son arquitectos. Cuando heredaron el granero de mis abuelos hicieron muchas modificaciones. ¿Quiere hacer una visita?

—¡Encantada!

Camille suspiró y dejó que Quentin se ocupara de su madre.

Completamente renovado, modernizado y ampliado, el granero de 120 m² había duplicado su extensión y adoptado la apariencia de un chalé de diseño, capaz de albergar una gran familia o de recibir a todo un grupo de jóvenes un sábado por la noche. La nueva distribución y la introducción de cristaleras en las paredes de piedra había ampliado las vistas y favorecido la entrada de la luz. El espacio inicial de dos niveles se había abierto y rediseñado, una escalera central unía ahora los dos pisos. La planta baja se había transformado en una especie de *loft* que hacía las veces de cocina-comedor, y tenía aires de galería de arte debido a la colección de cuadros abstrusos que había: algunos eran completamente blancos o negros, otros mostraban preguntas escritas también en blanco sobre negro, como «¿*Todo es arte?*» o «¿*Qué es una idea?*». Había esculturas con formas extrañas, delicadas o agresivas y de colores vivos, como una gran manzana rosa barnizada y mordida por la mitad que estaba colocada sobre un pilar en forma de cactus naranja. Un altillo con baranda de hierro daba acceso a los dormitorios, sobre la enorme sala. El salón parecía prolongarse en el jardín más allá de los ventanales vidriados, que en ese momento ofrecían un espectáculo de fin del mundo, en el que la noche había caído antes de tiempo.

—¿Estas ventanas son sólidas? —se inquietó la madre de Camille.

—A prueba de balas —replicó Quentin.

El aguacero resonaba contra las cristaleras como si alguien les estuviera tirando piedras. Las lonas, que protegían los materiales de construcción y la inmensa excavación de la piscina, se levantaban con las ráfagas de viento. Daba la impresión de que un ejército de fantasmas intentaba invadir el lugar.

—La piscina todavía no está construida —comentó Quentin—. Todavía estamos con la explanación del terreno.

Bajo la escalera de piedra que llevaba al primer piso, había una puerta de madera.

—¿Un armario? —preguntó la madre de Camille.

—No, da al sótano. ¿Quiere echar un vistazo?

—No, ni te molestes. Siempre me han dado miedo los espacios cerrados y los sótanos en particular. Desgraciadamente, parece que le he transmitido esa fobia a mi hija.

—Vaya, es bueno saberlo...

—¿Ah, sí? ¿Por qué?

—Ehhh..., digamos que evitaremos pedirle a Camille que baje a buscar el vino.

—No vais a beber, ¿no?

—Nos portaremos bien, quédese tranquila. Y, de todos modos, tampoco es como si fuésemos a conducir. ¿Le muestro el piso de arriba?

—De acuerdo, pero rápido.

En el primer piso se distribuían cinco habitaciones cerradas y una inmensa biblioteca de teca, que ocupaba la totalidad de una de las paredes del altillo.

—Los dormitorios, un despacho, un gimnasio y dos cuartos de baño —comentó Quentin con el tono de un agente inmobiliario que empieza a impacientarse.

La madre de Camille recorrió con la mirada el enorme espacio lleno de rincones, nichos y habitaciones con obras de arte increíbles. Era como un nido mullido y lujoso en medio de la tempestad que rugía en el exterior.

—No hay ninguna foto —se sorprendió.

—¿Fotos?

—De ti, de tu familia...

—Las perdimos.

—¿Qué pasó?

—Mis padres quisieron aprovechar la mudanza para deshacerse de muchas cosas. Las cajas se mezclaron y las que contenían las fotos fueron a la basura.

—¡No! ¿En serio?

—Pues sí. Pero con todo lo digital ya no tendremos ese problema.

—¿Ya está, mamá? —se impacientó Camille, que miraba desde abajo escoltada por Maxime y Julien. ¿Quieres comprar la casa o qué?

—Simplemente quiero saber dónde estoy dejando a mi hija.

—¿Estás más tranquila ahora?

—No os mováis de aquí, ¿prometido?

—¿Pero a dónde quieres que vayamos?

—Con este clima no vamos a aventurarnos fuera —prometió Julien.

Su madre besó a Camille y echó un vistazo a la puerta de entrada, que Quentin sostenía con fuerza para evitar que el viento la cerrase de un portazo.

—Puerta blindada —precisó él con una sonrisa cómplice.

La señora Souliol le devolvió la sonrisa y volvió a abrir el paraguas. Al llegar al pie la escalinata, las luces de unos potentes faros la iluminaron. Un gran 4x4 estuvo a punto de atropellarla y la señora Souliol retrocedió cegada por la potente luz. Marie, Mathilde y Léa salieron del vehículo, cargadas de bolsas. Se cruzaron con la madre de Camille, que las saludó con una señal de la mano antes de refugiarse en su Audi. El padre de Léa también los saludó a todos desde la ventanilla abierta del coche, que cerró rápidamente para no transformar el interior del vehículo en un acuario.

El Audi patinó en el barro. Camille se puso a rezar para que el coche de su madre no se quedase atascado y miró aliviada cómo se alejaba lentamente, precediendo al 4x4 que dejaba un fuerte olor a gasolina tras de sí.

Léa abrazó a sus compañeros como si no los hubiera visto en meses. Esa era su manera de saludar, siempre muy afectuosa, muy táctil.

—¿Ya estamos todos? —preguntó Mathilde, quitándose el abrigo y dejando ver una camiseta del grupo Crucified Barbara.

—Quiero tu camiseta —le dijo Maxime.

—No llevo nada debajo.

—¡Quiero tu camiseta!

—Solo faltan Mehdi y Clément —respondió Quentin.

—Lo de Mehdi es normal, siempre llega tarde —destacó Mathilde—. Pero de lo de Clément me sorprende. Después de tanto tiempo queriendo unirse a nosotros... Es como si yo llegara tarde a un concierto de Skunk Anansie.

—Quiero tu camiseta —soltó de nuevo Maxime.

—¡Uff! No seas pesado.

—¿Cómo viene Clément? —preguntó Léa—. ¿Alguien le propuso traerlo en coche?

—Yo le pasé la dirección —dijo Quentin—. Que no es poco.

—Podríamos haberlo traído con nosotras —se lamentó Marie.

—Ni siquiera sé dónde vive —confesó Camille.
—Y a quién le importa —escupió Quentin—. Si hubiera necesitado un medio de transporte, ya nos lo habría dicho.
—¡Pero qué dices! Con lo tímido que es...
—Yo creo que vendrá con Mehdi —dijo Maxime.
—Mientras tanto, podemos empezar a beber, ¿no? —propuso Julien.
—Sí, estoy contigo —aprobó Quentin—. Pero con calma, porque esta noche tendréis que beber cada vez que os asustéis.
—Quentin, ¿es verdad que las cámaras de vigilancia funcionan? —preguntó Camille asegurándose de que su vestido estaba bien ajustado.
—Sí, mis padres las instalaron sobre todo por las obras de arte.
—¿Quieres decir que nos están grabando ahora mismo?
—Precisamente, eso es lo genial.
—¡No, ni de coña!
—Bueno, bueno, tranquila, era broma. La verdad es que ahora están desconectadas.

Julien miró la tormenta que se desataba fuera. Un relámpago iluminó el jardín en obras.

—¡Guau!

Unos segundos más tarde, el trueno retumbó encima de ellos. La casa tembló.

—¡Te hemos visto! —dijo Julien señalando a Camille con el dedo—. Tienes miedo, te toca beber cuatro tragos.

—Quentin le sirvió un vaso de vodka, que ella alzó para brindar.

—¡Declaro inaugurada la noche de terror! —exclamó Camille.

Unos fuertes golpes bombardearon la puerta de entrada.

Marie gritó.

Julien se sobresaltó.

Camille soltó el vaso que se rompió a sus pies.

5.

Todavía con la botella en la mano, Quentin fue a abrir la puerta. Mehdi se abalanzó dentro de la casa como si formase parte de un comando policial. Su entrada hizo que el anfitrión perdiera el equilibrio, pero Léa lo sostuvo sin siquiera soltar su vaso de vodka.

—Joder, chicos, ¿os habéis encerrado a cal y canto o qué pasa? —protestó Mehdi empapado—. Hace como una hora que estoy llamando.

—He sido yo, cerré con llave —dijo Quentin atrancando de nuevo la puerta—. La madre de Camille estaba tan paranoica que nos ha asustado.

—¡Bueno, ya vale! —refunfuñó Camille tratando de recoger los trozos de vidrio.

—¿Habéis bebido? —preguntó Mehdi.

—No, ¿por qué?

—Deberíais haberlo hecho, esa es la regla: ¡el que se asusta, bebe!

—Al menos deberíamos esperar a que estemos todos.

Mehdi se quitó el anorak y lo colgó de una percha que quedaba libre.

—¿Quién falta?
—Clément —respondió Quentin.
—¿No venías tú con él? —se sorprendió Maxime.
—¿Yo, con el Gran Inútil? ¿Es una broma?
—Se habrá perdido —consideró Marie.
—Si se ha perdido, ya nos llamará —dijo Quentin.
—Quizás en el último momento se ha rajado—sugirió Marie.
—Imposible —aseguró Léa—. Él sueña con esto desde principio de curso.
—¿Y también se ha perdido el DJ? —bromeó Mehdi.
—Tienes razón, falta la música —reconoció Quentin.
Se dirigió hacia su ordenador, conectó al altavoz, y seleccionó *Wake Me Up* de Avicii.
—¡En homenaje! —declaró.
El DJ sueco acababa de morir a los 28 años.

Feeling my way through the darkness
Guided by a beating heart
I can't tell when the journey will end.

—La música de un muerto para comenzar una noche de terror. Veo que estás en todo —constató Maxime.
—Yo he traído toneladas de comida —anunció Mehdi—, teniendo en cuenta que el repartidor de pizza no llega hasta aquí….
—Y yo, películas de terror —añadió Marie. No alimentan, pero van con el tema de la noche.
—Yo también he preparado una lista de música ligeramente aterradora —dijo Quentin.
—¿De qué tipo?
—Fantômas, Carpenter Brut…

—Si eso es lo que has pensado para aterrorizarnos —dijo Mathilde—, nos vamos a acostar temprano.

—¿Por qué? ¿Tú qué tienes?

—Si te lo digo ahora no habrá *jump scare*[3].

Quentin seleccionó discretamente en su ordenador *Rosemary's Baby* de Fantômas. Una voz de niña pequeña brotó de los altavoces, como en la banda sonora de una película de terror.

La la la la la la la la la la la la la...

Quentin saboreó el ligero escalofrío que se produjo en los rostros de sus compañeros.

—¡Para morirse! —se desternilló de risa—. ¡Si vieseis vuestras caras! ¡Vamos! Todos al bar para recibir vuestro castigo.

—Pero dijimos que esperábamos a Clément —protestó Camille.

—Lo siento por tu novio, pero son las 18h pasadas hace ya rato.

Mehdi fue a la cocina y descargó el contenido de su bolsa.

—¡Qué nivel, esta cocina! —se extasió—. ¡Todo de acero inoxidable! Parece un restaurante.

Alineó los *tuppers* herméticos que le había preparado su madre. Tabulé, falafel y dulces orientales.

—¡*Cuernos de gacela*! —exclamó Maxime hurgando entre los dulces—. ¡Eres mi héroe!

—¡Espera a que sea la hora del postre, gordo!

—Está demasiado bueno. ¡Tengo que casarme con tu madre!

—No le faltes el respeto a mi madre —saltó Mehdi a la defensiva.

---

3. *Jump scare*: técnica de películas de terror que consiste en sobresaltar al espectador.

—Lo decía de broma.

Mehdi empuñó un cuchillo de cocina y, sin pensarlo dos veces, acercó la hoja a la garganta de Maxime.

—Diviértete con lo que quieras, pero no con mi madre, ¿vale?

—¡Eh, tranquilo, Mehdi! —dijo Camille—. ¿Te has vuelto loco?

—Está bien, tío, no pronunciaré ni el nombre de tu madre si eso te tranquiliza.

Una sensación incómoda invadió de pronto la cocina. Léa estaba aún más pálida que de costumbre y Julien se tapaba la boca con ambas manos como para reprimir un grito de espanto ante el gesto amenazante de Mehdi.

—Vamos tío, di que nos tomabas el pelo —Quentin intentó relajar el ambiente.

Mathilde tomó con delicadeza el cuchillo de las manos de Mehdi.

—Voy a darle un mejor uso —dijo.

Tomó una *baguette* y se puso a cortar rebanadas de pan.

—Yo preparo la ensalada —declaró también Léa para diluir el malestar.

—Te ayudo —dijo Marie.

—Yo me ocupo del aliño —agregó Camille.

Por primera vez en su vida, Maxime había perdido el buen humor y se retiró al salón. Julien lo acompañó y le propuso un trago para calmarlo.

—Él es el que debería tomarse un trago —gruñó el joven señalando a Mehdi, que seguía vaciando su bolsa de comida.

—Tranquilo, tío —dijo Julien tocándole la mano—. Cada uno tiene sus puntos débiles. Tú, la comida, y él, su madre. Vuestros dos puntos débiles se han chocado de frente, eso es todo. Además, creo que para una noche de terror la cosa empieza bien, ¿o no?

De pronto, se escuchó un alarido. Julien y Maxime se precipitaron a la cocina. Lo primero que vieron fueron las miradas aterradas de sus amigos, que rodeaban a Mathilde.

Después vieron como el cuchillo lleno de sangre caía sobre las baldosas.

Y después vieron a Mathilde desplomarse en el suelo.

6.

Sobre la encimera, tres dedos habían rodado entre las rebanadas de pan. ¡Mathilde se había cortado la mitad de la mano! Estaba doblada en dos en el suelo de la cocina. Rápidamente, Léa tomó un trapo con el que envolvió torpemente el puño de su amiga, mientras Quentin marcaba el número de urgencias.

—Es inútil llamar a una ambulancia —gruñó Mathilde—. Llegarán demasiado tarde.

Más que por la observación de la joven, Quentin se quedó impactado por su extraña sonrisa.

—¿Qué? ¿Qué pasa? —exclamó.

Mathilde se levantó con dificultad y desenrolló lentamente la venda hecha por Léa. Sus compañeros ampliaron el círculo en torno a ella como si fuera a destapar una granada explosiva. Ella levantó el brazo y abrió la mano con sus cinco dedos. Mathilde estalló de risa ante sus caras de sorpresa.

—¡Yessssss! —gritó Mathilde, cerrando el puño y dando un golpe de codo vertical en señal de victoria. ¡Tendríais que ver vuestras caras! ¡Cómo os he engañado! ¡Vamos, ronda de chupitos general!

—¡Estás completamente loca! —se ofuscó Léa—. ¡Nos has dado un buen susto!

—Ese era el objetivo, ¿no?

Marie se acercó tímidamente a la encimera para observar los dedos. Eran de látex.

—¿De dónde los has sacado? —preguntó.

—Me los dio Thibault.

Thibault era otro alumno de su clase, su padre trabajaba en un teatro. Mathilde se había acostado con él una vez y, claramente, Thibault había guardado un buen recuerdo de eso. Mathilde estaba orgullosa de su puesta en escena. No solo había servido para salir del momento incómodo creado por Mehdi, sino que también había horrorizado a todos. Llenó siete vasos de vodka.

—Para mí no —declinó Mehdi.

—Venga, has tenido miedo como todos.

—Para nada. Ni siquiera me ha hecho gracia.

—¡Qué mentiroso! —exclamó Camille.

—¡Mira quién habla!

—¿Qué quieres decir?

—Siempre vas por ahí de tía buena, pero es solo para calentar a los chicos.

—¡Pues eso nunca te ha molestado! No sé qué te pasa esta noche, Mehdi, pero sin duda te prefiero en las noches de *beer-pong*.

—Ya te he dicho que no he tenido miedo.

—Ven, te voy a enseñar algo —le propuso Quentin.

Mehdi lo siguió al primer piso. Los demás también fueron tras sus pasos, y se encontraron en una gran habitación donde había una mesa de arquitecto, un sofá, dos sillones, un armario y un moderno escritorio con dos ordenadores de última generación. Quentin encendió uno y se puso a teclear. La pantalla se dividió en pequeños rectángulos que mostraban diferentes puntos de vista del chalé. Camille lo comprendió enseguida.

—¡No me lo puedo creer, las cámaras de seguridad sí que estaban funcionando!

—Ya ves—respondió Quentin—. No quería decir nada para que todo el mundo actuara con naturalidad, pero creo que las voy a utilizar para arbitrar nuestra noche de terror.

—Pues yo me niego a que me graben sin autorizarlo.

—Te graban todo el tiempo, desde que das un paso fuera de tu casa. En Niza hay 2.000 cámaras que lo registran todo. ¡Hay 27 por kilómetro cuadrado! Así que, ¿de qué me hablas?

—Ya, pero al menos esos videos no están en Internet.

—Tranquila, *chérie*, yo te firmo un acuerdo de confidencialidad, si te eso tranquiliza.

—¡Menuda tontería!

—¡Ya lo tengo!

Acababa de encontrar el video de la cocina. Puso la pantalla completa. Mathilde estaba cortando el pan. Se vio como sacaba discretamente una cápsula de sangre ficticia, que hizo explotar en su mano antes de dejar los tres dedos falsos en la encimera y gritar.

—Mira tu cara, Mehdi, y dime si te estás riendo.

Quentin congeló la imagen que mostraba a su compañero horrorizado.

—Está bien, beberé. Pero que conste que he hecho bien en protestar porque eso nos ha permitido descubrir que estamos siendo grabados sin saberlo.

—Bueno, ahora ya no será sin que lo sepáis —matizó Quentin.

—¿Vamos a comer? —interrumpió Marie.

—Buena idea —aprobó Mathilde.

Volvieron a la planta baja y se agruparon en la cocina para terminar de preparar la comida. Quentin seleccionó la canción *Basique*, de Orelsan.

Si tu dis souvent qu't'as pas d'problème avec l'alcool,
c'est qu'tu'en as un
Simple
Faut pas faire un enfant avec les personnes
que tu connais pas bien
Basique[4]

—¡Nos la has colado bien, cabrón!

Quentin le respondió con el ritmo de la canción *Basique*, pero cambiando las palabras:

—Si no te gusta que te la cuelen, no vayas a una fiesta de terror, *básico*. Los amigos tienen que mentirse, si no, no serían amigos, *simple*.

—¡Y la noche solo acaba de empezar! —se lamentó Maxime.

—A propósito, seguimos sin noticias de Clément —dijo Léa.

—Pues lo siento por él.

—¿Alguien tiene su número?

—Basta con *no* tener su número para *no* poder llamarlo, *básico* —continuó cantando Quentin.

—Si no nos llama tendrá sus razones —dijo Julien.

—Yo puedo llamarle, si queréis —propuso Léa.

—¿Cómo es que tienes su número?

---

4. N. del T.: Si siempre dices que no tienes problemas de alcohol, / es que tienes uno / Simple / No tengas hijos [te acuestes] con personas / que no conoces bien / Básico.

—Pues porque se lo pedí.

—La mejor manera de tener su número es pedírselo, *simple*.

—Ya estamos hartos de tu canción —se molestó Marie.

—¿Qué pasa, prefieres cantar en blanco y negro, tipo Freddy Astaire?

—Fred Astaire —corrigió Marie.

Léa llamó. Saltó el contestador automático y le dejó un mensaje: «Hola, Clément, soy Léa... Nos preguntamos dónde estás... Ya no te esperamos para empezar la fiesta, pero, si estás en camino, al menos te guardaremos algo de postre».

—Muy bien ese toque de humor al final —se burló Quentin.

—¿Habrá tenido un accidente? —preguntó Léa.

—Claro, intentando contestar a tu llamada seguro que dio un volantazo —ironizó Quentin.

—Sí, sobre todo porque él no conduce —objetó Marie.

—¿Y tú qué sabes? Puede haber venido en moto.

—En moto acuática —precisó Maxime—, con este diluvio... Por eso llega tarde.

—Sí, claro —dijo Léa.

—Decís idioteces —observó Julien—. Pero la hipótesis de un accidente no es del todo estúpida. Con este clima, el conductor que lo traía pudo haber patinado en una curva.

El silencio puso en evidencia la perplejidad de todos. Eso le dio una oportunidad a Mehdi para señalar con el dedo la expresión de angustia en el rostro de Léa.

—¡Te asustas, bebes! —dijo.

—¡Te asustas, bebes! —siguieron a coro los demás.

—No me he asustado, solo estoy preocupada.

—¡También vale! — rectificó Mehdi—. La preocupación, la angustia, el miedo, es todo parecido.

—No es así —precisó Marie—. La angustia es la fuerte aprehensión ante un acontecimiento que todavía no ha sucedido. Como cuando bajas la escalera hacia un sótano oscuro, por ejemplo. El miedo es cuando estás abajo en el sótano y la puerta se cierra bruscamente detrás de ti. Así que ahora precisemos si también tenemos que beber cuatro tragos cuando estamos angustiados o no.

—Nos quedamos con el miedo —dijo Quentin—. ¿Todo el mundo está de acuerdo con eso? Porque ahora mismo todos tenéis cara de angustiados, y yo no tengo tanto alcohol en casa.

—Yo tengo hambre —declaró Maxime.

—Sí, buena idea —acordó Mathilde.

—En mi opinión, Clément nos está preparando un susto que nos pondrá los pelos de punta —dijo Maxime.

—Los tuyos están siempre de punta —se burló Camille.

—No, es que de noche no me pongo gel.

—¿Y qué te pones, vaselina? —lo molestó Mathilde.

—¡Ehh! Chicos, basta, nos estamos alejando del ambiente de terror —les advirtió Quentin—. Es hora de volver al miedo.

Un relámpago iluminó el césped como si fuese pleno día, seguido por un redoble de tambor celeste, que les demostró que las condiciones climáticas también pegaban con el tema de la noche.

—¡Hay alguien en el jardín! —gritó Marie.

Todas las miradas se volvieron al ventanal vidriado que los separaba de la noche oscura.

7.

Marie les juró que había visto una silueta afuera, durante el relámpago.

—Era Clément, estoy seguro —dijo Quentin.
—Era una mujer —precisó Marie.
—¿Una mujer?
—¡Con cabello largo, sí! Y un vestido blanco.
—¿Clément disfrazado de chica? —sugirió Quentin.
—No bromeo —insistió Marie, que parecía realmente conmocionada.
—Nos estás engañando. Después del chiste de los dedos cortados de Mathilde, lo tuyo suena a falso.
—Además, ni siquiera has logrado asustarnos —dijo Mehdi.
—Va en serio, realmente he visto a alguien.
—¿Hay luz afuera? —preguntó Camille a Quentin.
—En la galería sí. Pero en el jardín no.
—Enciéndela de todas formas, para comprobarlo.
— ¿Qué? ¿Vas a caer en su trampa?
—Pero ¿qué te cuesta iluminar el jardín?
—60 watts.

Marie ya no los escuchaba. Se acercó lentamente al vidrio. Los demás la imitaron.

—Solo hay que esperar otro relámpago —masculló.

—Tengo hambre —dijo Maxime.

—Bueno, ¿enciendes la luz o no, Quentin? —se impacientó Camille.

—Hazlo —ordenó Maxime. Tampoco vamos a quedarnos toda la noche aquí, mirando como unos imbéciles delante del cristal.

Un gruñido a sus espaldas los paralizó antes de convertirse en a una voz ronca:

—¡Vais a morir todos!

Era Julien, que jugaba a los monstruos.

—Muy divertido —dijo Marie con sorna.

Quentin encontró el interruptor de la luz detrás de un jarrón en forma de cáscara de huevo roto, que parecía como cubierta de petróleo. La luz inundó la galería al mismo tiempo que el cielo se electrificaba de nuevo.

Marie gritó.

La mujer ya no estaba en el jardín.

Estaba justo delante de ellos.

Del otro lado del cristal.

El cabello largo y empapado le cubría el rostro.

8.

El inconsciente colectivo acumula imágenes producidas por cuentos, leyendas, películas, televisión y, más recientemente, Internet. Entre las que más espantan está el mito de la dama de blanco. Se la asocia con apariciones sobrenaturales, fantasmas de mujeres muertas, mensajeras funestas o autoestopistas vestidas de blanco que comienzan a chillar cuando se suben al coche que las recoge. Después de ver una película como *The Ring*, es difícil no estremecerse por la noche al advertir una aparición con vestido blanco, sobre todo si el cabello negro y lacio le cubre el rostro. El fantasma de Sadako ha quedado anclado desde entonces en muchas cabezas. *The Ring* es una fuente de inspiración, igual que esa cámara oculta que se difundió en YouTube en la que una niña en camisón aterroriza a las personas que suben a un ascensor donde se ha construido un escondite. Hay una pared simulada, se apaga la luz y, antes de que vuelva a encenderse, la niña entra en la cabina por una puerta pequeña con una muñeca en brazos. Cuando la luz se enciende de nuevo, el horror está garantizado.

Ese fue exactamente el efecto que provocó Léa en sus compañeros, petrificados del otro lado del ventanal. Hay que reconocer que le resultó difícil. Mientras Marie les daba un curso sobre la diferencia entre la angustia y el miedo, Léa se había escabullido discretamente para ponerse a toda velocidad una peluca y un camisón que le había prestado su madre. Luego se deslizó hasta el jardín y aguantó bajo la intemperie. La lluvia y la oscuridad habían ayudado a terminar su metamorfosis en espectro. Y, entre los dos relámpagos, había aprovechado para pegarse a la cristalera.

Cuando levantó la mirada hacia los demás, con una cuidada sonrisa demoníaca, a sus amigos les costó varios segundos darse cuenta del engaño. Fue Maxime el que reaccionó primero gritando:

—¡Que nadie se mee encima, chicos, es Léa!

El fantasma estalló en carcajadas y rápidamente volvió a entrar en la casa.

—¡Excelente! —gritó Quentin dirigiéndose a Léa—. ¡Te pongo un 10 sobre 10!

—¿Puedo usar el cuarto de baño para secarme y cambiarme de ropa?

—Estás en tu casa. Mientras tanto, nosotros vamos a tomarnos los cuatro tragos a tu salud.

—Esta vez Mehdi no puede decir que no ha tenido miedo —afirmó Camille.

—Bueno, ya vale —la frenó él sirviéndose un vaso de vodka—. No te preocupes, voy a beber como todos los demás.

—¡Pasemos a cosas más serias! —declaró Maxime volviendo de la cocina con los brazos cargados de patatas fritas y galletas, que dejó sobre la mesa del salón.

Todavía bajo el efecto del *shock* por la aparición de Léa como la dama blanca, el resto de sus amigos se movía más despacio.

—¡Voy a calentar el agua para hacer la pasta! —anunció Quentin.

—Escuchándote decir eso se intuye que llevas dentro a un gran chef —se burló Marie.

—¿Por qué? ¿Tú sabes cocinar?

—Yo solo alimentos blancos y negros.

—¿Te he dicho ya que estás enferma?

—¿Y yo te he dicho que los alimentos negros son los mejores para la salud y la belleza, que tienen efectos contra el colesterol y el cáncer, que previenen el envejecimiento y activan el colágeno?

—Sé lo que es bueno para la piel.

—¿Ves? Encaja.

—Aquí, del tipo negro, creo que solo tenemos aceitunas.

—No te preocupes, he traído *tapenade*[5], ciruelas, chocolate y Guinness. Y de blanco, yogurt natural.

Quentin se sirvió un vaso que alzó frente a Marie.

—¡Enhorabuena! Has conseguido asustarme con tu dieta en blanco y negro —ironizó.

—Eso, tú búrlate. Cuando veas lo que tengo preparado para horrorizaros, no te harás el valiente.

—¿Qué? ¿Has preparado algo?

—¿Tú no?

—No.

—Sí ya, seguro…

—Bueno, yo solo encontré un juego, una app del tipo Piccolo, pero sobre terror.

---

5. N. de T.: un paté de olivas típico del sur de Francia.

—¿Cómo se llama?
—Todavía no tiene nombre, mi primo la está desarrollando. Me ha propuesto probarla.
—¡Genial! ¿La probamos ahora?
Marie anunció la idea a los demás. Colocaron la Coca Cola, el zumo de naranja, el *whisky* y el vodka en medio de las vituallas y los platos de plástico. Quentin distribuyó los vasos de cartón, pidiendo que cada uno escribiera su nombre en el suyo. Maxime engulló un puñado de patatas fritas y tomó su guitarra. Julien sirvió los vasos de *whisky*-cola y vodka con naranja, mientras Mathilde se liaba un porro y Mehdi consutaba su teléfono. Léa bajó con los demás, ya seca.
—¡Que nadie se mueva! —gritó Marie.
Mathilde se sobresaltó y se volvió hacia Marie, que les sacaba una foto.
—Casi haces que se me caiga toda la *maría*.
Marie se rio mirando la pantalla digital.
—Sí, se ve que estás muy asustada en la foto —dijo—. ¡Vamos, toma los cuatro tragos!
Maxime rasgueó las primeras notas cautivadoras de *Californication*, de los Red Hot Chili Peppers, imponiendo un silencio religioso a su alrededor. Tarareó el comienzo de la canción con un tono muy grave:

Psychic spies from China try to steal your mind's elation
And little girls from Sweden dream of silver screen quotation
And if you want these kind of dreams it's Californication…

Terminó la canción en versión instrumental.
Lo aplaudieron al final de la actuación.
—Nos has puesto la piel de gallina —reconoció Mathilde—. ¿Esto cuenta: los escalofríos, aunque no sean de miedo?

—¡Sí, yo voto a favor! —exclamó Maxime.
—¡Pasemos al juego! —declaró Quentin.
—Vale —aprobó Maxime—. Yo me ocupo de la salsa para la pasta después.
—¡Mierda, entonces he puesto a hervir el agua demasiado pronto! —se dio cuenta Quentin.

Fue a apagar el fuego e inscribió el nombre de todos los jugadores en su *smartphone*. El principio del juego era simple. El algoritmo de la aplicación hacía preguntas de manera aleatoria: exigía realizar desafíos o cumplir con acciones en un tiempo limitado. Por turnos, cada participante debía tomar el *smartphone* en la mano. Si respondía mal a la pregunta o no aceptaba el desafío, debía beber cierto número de tragos de alcohol. El juego contabilizaba las cantidades ingeridas por cada jugador y aplicaba más penalizaciones a los perdedores.

—¡Allá vamos, amigos! —declaró Quentin.

Tendió el aparato a Camille, que estaba sentada a su izquierda.

—¿Por qué yo?

—Porque hay que empezar por alguien. Luego se pasa el teléfono en el sentido de las agujas del reloj.

—Prefiero que comiences tú. No conozco el juego.

—Es lógico, este juego todavía no existe.

Quentin lanzó la primera prueba seleccionando su nombre:

> *Quentin debe contar un acontecimiento que lo haya aterrorizado en su infancia o beber un vaso para olvidar.*

Apoyó el teléfono en la mesa y reflexionó unos segundos.

—El recuerdo más terrorífico que me viene a la memoria es de aquí, precisamente. En la cocina. No era así en aquella época. Esto era una especie de granero o cabaña vieja en la que vivían mis abuelos. Yo pasaba las vacaciones aquí con mi primo. Una noche, me levanté para robar unas chucherías que mi abuela guardaba en una caja de metal. Me subí al aparador para alcanzar el último estante y extendí la mano, tanteando sin ver.

Quentin se quedó un momento en silencio y advirtió la atención que había suscitado en sus compañeros. Aprovechó el suspense y siguió con el relato. Marie hacía fotos.

—Yo estaba ahí, con los dos pies en la parte baja del aparador y con los dedos revolviendo en el polvo, cuando eché un vistazo a mi espalda para asegurarme de que nadie me pillaba. Me quedé congelado. Había alguien más en la habitación. Estaba escondido detrás del frigorífico. Podía distinguir unos pies que sobresalían y su sombra recortada contra la pared. Estuve a punto de gritar. Pero supongo que algo así como mi instinto de supervivencia hizo que reaccionara de otro modo. Hice como que no lo había visto. Abandoné la idea de comerme aquellos bombones en plena noche, bajé del aparador sin hacer ruido y volví a la cama a toda velocidad.

—¿Quién era? —preguntó Camille.

—No sé. Pero de lo que estoy seguro es de que oí pasos en la escalera detrás de mí. Cerré los ojos y esperé. Me desperté a la mañana siguiente.

—¡Entonces lo habías soñado! —dedujo Julien.

—No, porque al día siguiente mi abuela me dijo que la caja de bombones había desaparecido. Me preguntó si había sido yo. Pero mi abuelo intervino enseguida y me defendió. Me contó que a veces había visitas en la casa.

—¿Visitas de quién?
—No se sabe.
—Nos estás tomando el pelo.
—¿Por qué crees que mis padres instalaron todas estas cámaras?
—Tú mismo se lo dijiste a la madre de Camille, porque hay objetos de valor.
—Nada que ver, a mis padres no les importa eso. Aquí todo está asegurado.
—¿Nos estás diciendo que esta casa está embrujada?
—Basta, ya he hablado demasiado sobre el tema. Tu turno, Camille.

Ella seleccionó su nombre. Apareció un texto:

> *Camille debe bajar al sótano sin encender la luz y quedarse cinco minutos en la oscuridad.*
> *Si tiene miedo, debe beber cuatro tragos para darse valor.*

—Hay un sótano —confirmó Quentin.

Todas las miradas se volvieron a la puerta de madera debajo de la escalera.

—Debería haber jugado yo primero... —se lamentó Camille.

—¿Quieres beber para darte valor? —la azuzó Mathilde.

—Muy graciosa.

Se levantó y se dirigió a la puerta del sótano.

—¿Qué hay abajo? —preguntó a Quentin con expresión preocupada.

—Los misteriosos visitantes de la casa —respondió Mathilde desde su nube de marihuana.

—¡Ja-ja! —Camille soltó una risa forzada.

—¡Mierda! —despotricó Marie.

—¿Qué pasa?
—Mi cámara se ha bloqueado. Pero la batería estaba cargada.
Camille abrió la puerta, los goznes no chirriaron. Una escalera se hundía en un pozo de oscuridad. Se esforzó en repetirse que los monstruos no existen y descendió guiándose con la mano, con la que rozaba la pared húmeda.
—¡Cuidado con las ratas, tía! —soltó Julien.
—¡Cierra la boca!
Se hundió en la oscuridad.
—Ya estoy abajo —dijo—. No veo nada.
—¡Pongo a funcionar el cronómetro! —lanzó Quentin.
Cerró la puerta y miró el reloj.
Pasaron apenas treinta segundos antes de que la escucharan gritar. Quentin abrió la puerta y encendió la luz, que cegó a Camille. Estaba paralizada de miedo, en medio del sótano cuyas paredes seguían en penumbra. Subió los escalones a cuatro patas y se abalanzó directamente sobre su vaso, sin contar los tragos que bebía, más para ahogar el estrés que para cumplir con su castigo.
—¿Estás bien? —se inquietó Léa.
—Algo me ha rozado ahí abajo.
—Es una impresión —dijo Mehdi—. A veces, uno se imagina cosas…
Camille lo interrumpió de inmediato. No quería ninguna explicación.
—¡Ya está, bajé, viví, y bebí! Ahora, pasemos a otra cosa.
—Otra cosa soy yo, dijo Julien agarrando el *smartphone*.

Julien debe hacer gritar de miedo
al participante de su elección.

Se rascó la cabeza sonriendo.

—Voy a elegir una chica, así será más fácil.

—¡Qué machote! —lanzó Camille.

—Un gay *machirulo*, muy coherente —subrayó Marie.

—¡Eh, chicas! ¿Queréis pelea?

Paseó la mirada alrededor de la mesa y se detuvo en Camille.

—Yo no, acabo de tener mi dosis de miedo.

Julien se levantó bruscamente y señaló los pies de su vecina.

—¡Joder, has subido una del sótano! —gritó.

Camille miró al suelo y gritó levantando las piernas por encima de una enorme rata. Con una pirueta digna de una gimnasta, terminó encaramada al respaldo del sofá.

Julien fue a recuperar el roedor, que había huido en medio de los gritos. Volvió acariciándolo en sus brazos.

—Dile hola —dijo a Camille, que estaba al borde del infarto.

Todos los demás se retorcían de la risa, habían reconocido a la rata doméstica de Julien.

—¿La has traído a propósito? —le preguntó Maxime.

—Cuando hablamos de noche de sustos, pensé inmediatamente en ella. Siempre funciona con las chicas.

Quentin tendió un vaso a Camille para que bebiera los cuatro tragos.

—¡Cabrón! —soltó a Julien.

Camille no se había movido del respaldo del sofá.

—A este ritmo, Cam tendrá un coma etílico antes de que termine la noche —bromeó Mathilde.

—Sí, deberíais dejarme un poco en paz.

—Mathilde, te toca —dijo Quentin.

La joven descubrió su desafío:

Mathilde debe imitar a un zombi y morder al participante de su elección en cinco partes del cuerpo.

—Si haces el favor de no elegirme… —le rogó Camille.

—¿Estás asustada?

—Eh… No realmente —dijo para no ganarse otro castigo.

—Ya sé, ¡elijo a Maxime!

—¿Por qué a mí?

—Eres el más gordito.

Mathilde se levantó, rodeó la mesa baja del salón adoptando un paso lento y desarticulado, y le mordió en el cuello.

—Eres un zombi —le recordó Quentin—. No un vampiro.

—Los zombis comen de todo —se defendió Mathilde.

Miró a su presa.

—Vamos, desnúdate.

—¿Qué?

—Pues claro, no me voy a comer la ropa.

Maxime dirigió a los demás una mueca dubitativa.

—Te ha elegido a ti —dijo Quentin—. Te las arreglas.

Se quitó la camiseta.

—¡Miam! —dijo Mathilde, muy comprometida con su desafío.

Le mordió la tripa.

—Quítate los vaqueros.

—¿Qué? No irás a…

—No confundas tus fantasías con la realidad.

Se bajó el pantalón. Mathilde lo mordió en el muslo y en la tibia.

—Solo falta una parte —dijo Quentin.
—¡El culo! ¡El culo! ¡El culo! —gritaron los demás a coro.
—Los pezones o el culo —dijo Mathilde.
—Los pezones duelen demasiado.
Se bajó los calzoncillos. Mathilde mordió la carne del trasero de Maxime gruñendo como una muerta-viviente. Todos aplaudieron y silbaron ante el espectáculo. El único que no disfrutaba era Mehdi. Maxime se vistió mientras Mathilde daba una vuelta de la victoria alrededor de la mesa, con los brazos levantados y las manos colgando, como si se hubiese escapado de una película de George Romero.

Era el turno de Mehdi. Descubrió sus consignas frunciendo el entrecejo:

Cada uno en vuestro turno,
debéis nombrar una película de terror
en la que mueran jóvenes.
Completad cinco rondas.
Quien no sepa contestar, bebe 2 tragos.
Salvo Mehdi que bebe 4… ¡porque es su desafío!

—¿Cómo que jóvenes? —preguntó Mehdi secamente.
—Pues como nosotros —respondió Quentin.
—Se refiere a películas con el inevitable deportista cachas —desarrolló Mathilde—, la rubia con las tetas grandes, el intelectual con gafas, el chino o el negro que encarnan a las minorías y el idiota al que siempre descuartizan primero.
—Gracias por la alusión a la rubia tetona —refunfuñó Camille.

—Pues a mí me encantan las chicas con cabellos de oro y delantera opulenta —la defendió Maxime.

—Bueno no tenemos más que nombrar películas en las que las víctimas sean adolescentes o estudiantes —decidió Marie.

Mehdi se quedó mirando el *smartphone* como si la respuesta se encontrara allí.

—*Halloween* —comenzó.

—*La masacre de Texas* —dijo Marie en el acto.

—¡*Pirañas 3D*! —exclamó Maxime. Mi película de culto.

—*Halloween 2* —dijo Léa.

—No puedes repetir un título, si no, no terminaríamos nunca entre las secuelas de *Halloween* y *Viernes 13*... ¡Ups!

—*Viernes 13* —dijo Léa inmediatamente. Gracias.

—*Destino final* —dijo Quentin.

—*Scream* —dijo Camille.

—*La casa de cera* —dijo Julien.

—¿Cuál es esa? —dudó Quentin.

—Yo la he visto —intervino Maxime—. Es la película en la que a Paris Hilton le rompen la cara.

—Entonces tengo que verla —dijo Mathilde—, me gusta ese rollo. A mí, ehhh... *Ecos en la oscuridad*. Con Amber Heard. ¡Una masacre!

—*Hostel* —dijo Mehdi.

—*Carrie* —dijo Marie.

—*La cabaña en el bosque* —dijo Maxime.

—Estoy seguro de que esa no existe y te la acabas de inventar —soltó Quentin.

—¡Sí, hombre! Puedo darte hasta el título original: *The Cabin in the Woods*.

—Vale —dijo Julien después de verificar en su *smartphone*—. Película de Drew Goddard. Cinco estudiantes son víctimas de una familia de zombis.
—Sí, y, a pesar de las apariencias el guion es excelente —subrayó Maxime.
—*Posesión infernal* —propuso Léa.
—¡*Cabin Fever*! —dijo Quentin—. ¡Dirigida y actuada por Eli Roth! Es la historia de una banda de jóvenes que alquilan una cabaña en el bosque para festejar el final de las clases. Encuentran a un tipo infectado por un virus y se empiezan a comer entre ellos…
—No tienes por qué contarnos toda la película —lo interrumpió Mehdi.
—Por si creíais que me la inventaba…
—Seguro que te he hecho pensar en esa película cuando dije *La cabaña del bosque* —se lamentó Maxime.
—¡Jeje!
—*Sé lo que hicisteis el último verano* —dijo Camille.
—*El proyecto de la bruja de Blair* —dijo Julien.
—*Sucker Punch*—dijo Mathilde.
—*El descenso* —dijo Mehdi.
—No vale —le señaló Marie—. *El descenso* va de un grupo de mujeres que hacen espeleología, no hay adolescentes ni estudiantes.
—¡Qué pesados! —bufó Mehdi.
Bebió los cuatro tragos sin ganas.
—Oye, si esto te aburre, puedes ir a jugar arriba —lo atacó Quentin. Tengo una *Xbox One*.
—Ya está, vale. Me he bebido mi vaso, ¿o no?
—*Battle Royale* —retomó Marie para evitar que se complicase más la situación.
—*Agua sangrienta* —citó Maxime.

Jugaron tres rondas al término de las cuales comenzaron a tener más sed y a beber más, equivocándose con la edad de las víctimas y verificando cada vez más seguido los títulos de las películas en Internet. Marie fue la única que logró no fallar. Quentin se creyó muy astuto al proponer *Fear Crime*, la historia de ocho jóvenes que se reúnen una noche para divertirse asustándose entre ellos hasta que se dan cuenta de que estaban realmente amenazados por una fuerza maléfica. Sus compañeros se dieron cuenta de que se la había inventado cuando añadió que la acción sucedía en Col de Vence.

Cuando Marie descubrió su desafío, se echó a reír:

*Marie debe expresarse como Gollum
hasta el fin de la partida.*

Marie se acuclilló como la criatura de *El Señor de los anillos*, de Peter Jackson, y se puso a imitarla con un timbre de voz áspero y cavernoso.

—Debemos tener el tesssooroooo… ¡Nos lo han robado! ¡Malditos y sucios Hobbits!...

Luego, fue el turno de Maxime.

*Maxime nos dará el gusto de vaciar su vaso
antes de responder, en menos de un segundo,
a la siguiente pregunta.*

Maxime lo hizo y tocó la pantalla para leer la famosa pregunta:

*¿Cómo se llama la película con Hannibal Lecter
y la agente Clarice Starling?*

—¡*El señor de los corderos!* —respondió Maxime al instante.
—¡Has caído! —se retorció de risa Marie—. ¡Es *El silencio de los corderos!*
—Tú también has caído —observó Quentin. Has hablado sin el acento de Gollum.
—¡Traidooooor! —se corrigió ella carraspeando como el hobbit maléfico.

Aún así, Marie tuvo que tomar cuatro tragos de vodka con naranja, como Maxime.

Léa frunció el entrecejo ante el enunciado de su desafío:

Léa va a ausentarse para dar una vuelta alrededor de la casa, a menos que prefiera vaciar su vaso.

Miró a través del vidrio mojado y tomó la decisión.
—Con una salida nocturna ya me vale —declaró.

Propuso un brindis, dando a entender que declinaba la primera propuesta y se preparaba a cumplir con su castigo.

En ese momento, escucharon el ruido de unos pasos rápidos y rítmicos. Parecía como si alguien con muletas estuviera corriendo. Quentin se llevó un dedo a la boca para pedir silencio. Aguzaron el oído. La tempestad hacía que las lonas de construcción se frotaran, las hojas y ramas entrechocaran, la estructura crujiera y los marcos de puertas y ventanas gimieran. Pero todo ese concierto de intemperies no les impidió percibir de nuevo la extraña carrera:

¡*Teketeketeketeketekeeketeketeketeketeke!*

Lo más inquietante era que provenía del interior de la casa.

9.

—¿Has cerrado bien la puerta de entrada? —preguntó Léa a Quentin.

—Sí, cerré con llave.

—Hay un animal —comentó Julien.

—Pues entonces es un animal con bastón —corrigió Maxime.

—¿De dónde venía? —se inquietó Léa.

—Del sótano —respondió Camille, aún traumatizada por su breve expedición al subsuelo.

—Qué va, era de arriba —dijo Julien.

—Tiene razón —confirmó Quentin levantándose.

Alcanzó el primer piso sigilosamente y pasó delante de la biblioteca. Se detuvo en el umbral de uno de los dormitorios, cuya puerta estaba cerrada, movió el picaporte con la precaución de un ladrón y abrió la puerta.

De repente, fue bruscamente arrastrado al interior de la oscura habitación.

Quentin reapareció agarrándose del marco, se debatía, se esforzaba por escapar de dos manos que lo estrangulaban. Sus compañeros se precipitaron hacia la escalera para subir a ayudarlo.

Quentin se ahogaba. No por el estrangulamiento, sino de risa. Solo, en el umbral de la puerta, se apretaba el cuello y se reía. Apuntó con el dedo las caras de estupor de sus compañeros y exclamó:
—¡Ronda general!
—¿Eres idiota? —se enojó Léa. De verdad creíamos que te estabas muriendo.
—Es el arte del mimo, ¿no te suena?
—Desde que hemos llegado no paramos de picar como idiotas —se quejó Mehdi.
—Bueno, es que ese es el objetivo de la noche —le recordó Mathilde.
—Pero nada de esto nos explica el origen del ruido de antes —constató Camille.
Quentin adquirió un aspecto serio y cogió dos libros de la biblioteca.
—Vamos a tomar un trago, os lo merecéis —ordenó—. Después tengo que contaros algo.

10.

—¿Habéis oído hablar de las manifestaciones paranormales del Col de Vence? —preguntó Quentin.
—Me suena —respondió Marie.
—¿Más visitantes siniestros?
—Chorradas —gruñó Mehdi.

Quentin arrojó los dos libros sobre la mesa baja del salón, volcando uno de los vasos de pasada.

—¿Y esto, son chorradas?

La tapa del primer libro, titulado *Los invisibles del Col de Vence*[6], representaba un atardecer que parecía un bosque incendiado. El subtítulo anunciaba el tema: *Investigaciones y revelaciones sobre una zona de anomalías permanentes*. El segundo libro tenía como título *Los misterios del Col de Vence*[7]. Reunía 30 años de investigaciones llevadas a cabo por Pierre Beake y la Asociación del Col de Vence.

---

6. N. del T.: Autor colectivo, *Les invisibles du col de Vence. Enquêtes et révélations sur une zone d'anomalies permanentes* [Los invisibles de Col de Vence. Pesquisas y revelaciones en una zona de anomalías permanentes], Nerusi, 2008.
7. N. del T.: Beake, Pierre, *Les Mystères du Col de Vence*, [Los misterios de Col de Vence], Temps présent, 2009.

—Son los dos libros de referencia sobre el que es considerado el lugar más misterioso de Francia —declaró Quentin con voz solemne.

—¿Por qué misterioso? —preguntó Camille, picada por la curiosidad.

—Este lugar es una zona de *anomalías recurrentes*, como se suele decir. Mejor no os cuento las razones por las cuales antes lo llamaban la meseta del Diablo...

—¿Qué quieres decir?

—Pues, concretamente, el 5 de marzo de 1994, a eso de las 23 horas, se observó la presencia de un OVNI triangular en este mismo lugar. El aparato se desplazó lentamente y en silencio antes de desaparecer como por encanto al cabo de dos minutos.

—¿Y tú cómo sabes eso?

—Está todo ahí —respondió, señalando los dos volúmenes.

—Chorradas —repitió Mehdi.

—Hubo testigos que confirmaron haber visto el OVNI —argumentó Quentin.

—Siempre hay gente que cree haber visto cosas en estos casos —dudó Marie.

—Pero si hubo incluso unos periodistas que comprobaron un vuelo en formación de tres máquinas luminosas. Hicieron fotos y videos. Unos agentes de policía investigaron en la zona e informaron de apariciones inexplicables. ¡Todo eso durante meses!

—¿A dónde quieres llegar? —preguntó Camille.

—A los visitantes de los que me hablaba mi abuelo.

—Solo quiere asustarnos para hacernos beber —adivinó Maxime.

—El caso es que estas manifestaciones nunca terminaron —continuó Quentin.

—¿Por ejemplo?

—Pues cosas como que el dueño de un restaurante descubrió una mañana que todo lo que había en su terraza se había ido volando.

—Bueno, creo que hoy nosotros también nos arriesgamos a eso —subrayó Maxime mirando la tormenta por la ventana.

—La diferencia es que, en el caso del restaurante, el clima era de calma absoluta. ¡No se movía ni una hoja! Sin embargo, encontraron todas las sombrillas retorcidas, las mesas y las sillas desparramadas por los cuatro rincones de la propiedad...

—Habrán sido unos macarras de Niza que querían desahogarse —lo cortó Mathilde encendiéndose otro porro.

—Sí, claro. ¿Las bandas de gamberros también son responsables de los casos de vehículos que de pronto se estropean, de las baterías de las videocámaras que se vacían al instante, de las cámaras de fotos que se bloquean, de las marcas circulares en el suelo...?

—¿Cámaras de fotos que se bloquean, has dicho? —se sorprendió Marie.

—Entre otros fenómenos.

—La mía ha dejado de funcionar hace un rato.

Fue a buscar su cámara y trató de encenderla.

—Todavía no funciona. Y la cargué antes de venir.

—Ese es el problema, no hay explicación. Al menos no una explicación racional.

—Sobre esa historia de los OVNIs —intervino Camille—, ¿qué dicen estos libros?

Quentin abrió uno para encontrar una respuesta que lo apoyara.

—Según los informes de los observadores, el triángulo luminoso reapareció varias veces. Esperad...

Pasó febrilmente las páginas hasta que encontró la información que buscaba.

—El OVNI fue grabado durante cuatro minutos... El 5 de septiembre de 1996, un cuarto de hora después de medianoche, y el 13 de septiembre a las 23h10.

—¿También grabaron a los marcianos? —se burló Mehdi.

Durante una noche normal, como las que organizaban habitualmente, la observación de Mehdi habría hecho reír a todos. Pero esta vez no fue el caso. Incluso Maxime, que siempre estaba dispuesto a bromear, no esbozó ni tan siquiera una sonrisa.

—Marcianos no —respondió Quentin—. ¡Eso lo hizo Tim Burton en *Mars Attacks*! Los observadores del Col de Vence vieron otra cosa.

—¿Qué vieron? —se impacientaba Julien.

Quentin buscó la respuesta en el capítulo titulado «Fotos sorpresa»:

—En 1995, Pierre Beake y otras personas se hicieron fotos en el lugar usando cámaras diferentes. Una esfera blanquecina aparecía al lado de las personas fotografiadas. ¡Aquel objeto era real! Mirad, se puede ver claramente en estas imágenes.

Pasó el libro entre sus compañeros.

—Estos libros hablan de una cantidad de fenómenos paranormales como ruidos de motores eléctricos en el cielo, piedras que caen de ninguna parte, incendios con causas extrañas. Algunos automovilistas pasan por esta región y después encuentran piedras en los asientos de sus coches. Hay turistas que informan de que en algunas de sus fotos las caras de las personas aparecen irreconocibles.

—¡Todo eso que dices es una tontería! —comentó Mehdi.

—¡Menudo aguafiestas! —se quejó Camille.

—¡Ja! ¿De qué fiesta hablas?

—Antes, cuando he contado la anécdota de la caja de dulces, no os he dicho esto porque en ese momento no iba a significar nada para vosotros, pero esa noche yo vi una piedra encima de la mesa de la cocina.

—Algo me dice que no vamos a tardar mucho en descubrir una en la casa —predijo Maxime engullendo un puñado de patatas fritas con aire de entendido.

—Pues entonces me callo las historias de mi abuelo —concluyó Quentin—. De todos modos, no me creeríais.

—Nunca me has contado nada de esto —le reprochó Léa.

—¿Tu abuelo tenía una explicación para lo que pasaba? —preguntó Julien.

—Él los llamaba «los visitantes». Durante veinticinco años se fue acostumbrando a sus idas y venidas.

—¿Entró en contacto con ellos?

—Una sola vez. Pero prefiero no hablar de eso.

—¿Ahora tienes miedo de asustarnos? —preguntó Marie.

—Pues sí.

—Bajó su vaso de *whisky*-cola.

—¡Vamos, cuéntalo! —insistió Julien.

Quentin sabía contar historias, mantenía el suspense con largas pausas y retrocesos. Sus amigos estaban pendientes de cada una de sus palabras.

—¿Por qué me miráis así?

—Has hablado demasiado, ahora queremos saber cómo entró en contacto tu abuelo con *los visitantes* —respondió Marie, poniendo énfasis en las dos últimas palabras.

—Bebe un trago, eso te ayudará a soltarte —aconsejó Maxime.
—¿De qué tienes miedo exactamente? —preguntó Léa a Quentin.
—Se ha asustado él solo —comprobó Mathilde—. ¡Le ha salido el tiro por la culata!
Le tendió otro vaso de vodka, apoyando su observación.
—Voy a buscar otra botella a la cocina —dijo Camille.
Quentin parecía realmente perturbado. Bebió varios tragos que lo ayudaron a desatar de nuevo la lengua.
—Mi abuelo me llamó, hace algunos meses. Quería saber si me acordaba de la noche en que me levanté para robar los dulces. Le dije que por supuesto, eso nunca se me olvidará. Entonces, me dijo que «él» había vuelto.
—¿Quién?
—Eso mismo le pregunté. Se trataba del visitante que yo había visto en la cocina. Estaba ahí, en el mismo lugar, detrás del refrigerador. Mi abuelo lo había visto.
—¿Cómo era?
—Le pregunté lo mismo. Me dijo que no podía hablar de eso por teléfono. Yo creí que era un pretexto para que lo viniese a visitar.
—¿Y entonces?
—Nunca más vi a mi abuelo. Murió al día siguiente de un paro cardíaco.
—¡Te has pasado de la raya! —gritó Mathilde.
—No. Les conté a mis padres lo que me había confesado mi abuelo. Se encogieron de hombros. Para ellos, él ya no estaba bien de la cabeza.
—Pero eso no impidió que tus viejos instalaran cámaras escondidas.

—Sobre eso... Antes mentí, están ahí por los ladrones, no por los visitantes misteriosos salidos de la imaginación de un niño pequeño y un pobre viejo.

—¡No estaba abierta! —gritó de pronto Camille. Estaba de pie, delante de la puerta del sótano, con la botella de vodka en la mano.

—¿De qué hablas? —se sorprendió Maxime.

—¡La puerta del sótano! Está entreabierta.

—¿Y qué?

—Antes yo la había cerrado. Estoy segura.

—La cerraste mal, es todo —la tranquilizó Quentin.

—No, lo comprobé bien.

—¿Insinúas que hay alguien más en la casa? —preguntó Julien.

—¡Quentin, has sido tú! —lo acusó Marie—. Estás tratando de hacernos creer en la presencia de los visitantes. Quieres que parezca que están abajo, en el sótano, y que antes uno de ellos asustó a Camille, ¿es eso?

—Es cierto que quería asustaros con mis historias. Investigué en estos libros para tener argumentos más sólidos. Pero una cosa es cierta, yo no he tocado esa puerta ¡os lo juro por la tumba de mi abuelo!

A esas alturas de la noche, los ocho adolescentes comenzaban a sentir los efectos del alcohol que habían consumido a lo largo de todos los juegos y desafíos. La frontera entre la farsa y la realidad era cada vez más difusa. Lo verdadero y lo falso se entremezclaban hasta tal punto que les parecía intuir la presencia de extraños en la casa, sin darse cuenta del peligro real que los amenazaba...

11.

Dead heads and frog legs, mmm cake mix!
Friday the 13th the night of the living dead
Vampire arms walking 'round givin' niggas head

Instalados en el comedor, comían un plato de espaguetis «al diablo», como lo había calificado Maxime, con el rap *Chuckie* de Geto Boys por banda sonora. Maxime había preparado una salsa muy personal a base de tomates frescos, cebollas, panceta, ajo y todas las especias y pimientas que había encontrado en la cocina. Esa pausa culinaria les había permitido condimentar la comida con estallidos de risa. Cerraron definitivamente el tema de Clément, sin preocuparse por las razones de su ausencia. Léa le había dejado dos mensajes en el contestador automático de su teléfono. Aquello les bastaba para concluir que el Gran Inútil no era digno de integrar su banda. Después, Marie había recibido la agradable sorpresa de encontrar su cámara de fotos de nuevo en funcionamiento. Aprovechó para ametrallar a sus amigos en plena comilona.

—Estoy llena —dijo Léa.

—¿Qué? ¿No vas a probar los *makrouds* de mi madre? —le soltó Mehdi.

Estuvo a punto de responder que ya no tenía sitio en su estómago para un pastel de pasta de sémola, dátiles fritos en aceite y bañados en miel, pero entonces recordó la susceptibilidad de Mehdi en todo lo relativo a su madre. Se echó atrás.

—Solo uno, para probar.

—Los ha hecho para vosotros —insistió Mehdi.

Fuera, había dejado de llover momentáneamente y la tormenta tronaba ahora algo más lejos. La tensión había disminuido. La música que brotaba de los altavoces, entre Eminem y Chinese Man, había llevado a Camille a levantarse del sofá y empezar a bailar. Podía moverse con cualquier música, cuando bailaba todo en ella era gracia y sensualidad.

Maxime la miraba con los ojos de un niño frente a un hada dispuesta a concederle todos sus deseos. Estaba enamorado de Camille desde el primer día, desde que ella le había dicho «Hola, soy Camile, ¿y tú?», cinco palabras que todavía le daban vueltas en la cabeza. Camille era muy popular en el liceo, pero no era estirada ni presumida. Ella no quería estar rodeada de una corte de admiradores. Le gustaba acercarse a los demás, y de hecho siempre lo hacía casi como pidiendo perdón por ser guapa e inteligente.

El día que habían decidido constituir aquella banda, que incluía a Camille, fue el más feliz de la vida de Maxime. Eso significaba tener una gran ventaja con respecto a sus competidores, a pesar de que las reglas del grupo prohibían los rollos sentimentales entre sus miembros para evitar que la banda se desintegrara. Léa y Quentin habían roto esa regla y Julien era gay, por lo que Maxime solo tenía a Mehdi como verdadero rival. A pesar del encanto y la labia de este, nunca había pasado nada entre él y Camille. Al menos nada que Maxime supiera. Él, por su parte, nunca había intentado nada por miedo a que se rompieran todas sus esperanzas. Pero esa noche, envalentonado por el alcohol, aprovechó la ocasión para bailar frotándose casi lascivamente contra ella mientras sonaba una canción de Camila Cabello.

Havana, ooh nah nah
Half of my heart is in Havana, ooh nah nah

Camille giraba, ondulaba, golpeaba el suelo con el pie, se escapaba de la gravedad con cada gesto en un torbellino de cabellos rubios. Mientras, Maxime se bamboleaba torpemente, secuestrado por las feromonas y el perfume de Dior. Parecía un *cow-boy* muy pesado, tratando de domar un caballo salvaje cuya crin le castigaba la cara en cada corcoveo. Incapaz de seguir la coreografía de Camille, decidió enganchar con un baile lento para poder estar en contacto con ella. Eligió la canción *Querer querernos* de Canserbero y abrió los brazos en su dirección, con naturalidad. Camille se pegó a él, sudorosa y con el corazón acelerado después del esfuerzo.

—Perdón, estoy sudando.

Él trató de decir algo gracioso y alusivo.

—Tú transpiras y yo me derrito.

Era lo primero que le había venido a la mente.

—Qué tierno.

—¿Sabes que puedo ser más que tierno?

—¿Qué quieres decir?

—Por ti, podría hacer dieta.

—¿Por mí?
—Incluso podría dejar de jugar al póker.
—¿Dejar dos drogas a la vez? ¿Y por qué harías eso? A mí me gustas como eres.
—Pues para gustarte todavía más. Para que ya no te sientas obligada de decir «me gustas tal como eres».

Camille cerró los ojos con fuerza. El suelo le empezó a dar vueltas, al mismo tiempo que el techo también giraba. Se le contrajo el estómago. Su baile descontrolado, combinado con el alcohol, le había producido náuseas. Se quedó callada, se acercó a Maxime y apoyó la cabeza en su hombro para no desplomarse.

Era perfecto, como si de un cuento se tratase
Podía hasta crear un defecto, por si lo perfecto me asustase
El hecho es que por un instante entré en razón
Y no estaba soñando
Estaba haciéndote el amor

Marie se había levantado para sacar a bailar a Julien, que se dejó llevar.
—Voy a imaginarme que eres un hombre —le susurró él al oído.
—Qué simpático... ¡Entonces, tendré que recogerme el cabello!

Ella se llevó la melena hacia atrás y le dio forma con una facilidad muy femenina, ayudándose con una goma que había sacado, como por arte de magia, del bolsillo de su pantalón.

A su lado, Mathilde se movía a cámara lenta, con los brazos abiertos como si planeara, más por el efecto de todo lo que había consumido que por la música en sí.

Léa y Quentin, la única pareja de Los Ocho, se besaban mientras bailaban. La atracción entre ellos había sido más fuerte que el compromiso tácito de no relacionarse sentimentalmente dentro del grupo. Estaban juntos desde hacía seis meses y eso no había afectado a la cohesión de la banda. Los dos jóvenes habían sido discretos con respecto a su relación y evitaban las demostraciones de afecto público. Con la excepción de esa noche, en la que la música, las emociones fuertes y sobre todo el alcohol habían alterado un poco su prudencia.

El baile lento de la pareja, algo ebria, se transformaba poco a poco en un cuerpo a cuerpo desatado bajo la mirada oscura de Mehdi, que esa noche estaba irreconocible. En circunstancias normales, se habría abalanzado sobre Camille para invitarla a bailar. Si ella lo rechazaba, entonces habría probado con Mathilde. Pero, en ese momento, se quedó sentado mirando a sus compañeros como si los estuviese juzgando.

De pronto, vio pasar a Camille corriendo delante de él con las manos tapándole la boca. Corría al cuarto de baño para vomitar.

Al término de la canción, la música electrónica y el hiphop habían recuperado su lugar en el centro de la fiesta. Los jóvenes retomaron poco a poco sus lugares en torno a la mesa baja del salón. Se habían desconectado por un rato de la noche de terror, se habían olvidado de los ruidos extraños, de las puertas que se abrían solas, de las cámaras fotográficas que se bloqueaban y de las historias de visitantes misteriosos. Ese momento de vacío entre ellos desinfló el ambiente de fiesta y baile, y todos quedaron acaparados por sus teléfonos móviles.

La música se detuvo bruscamente en mitad de un tema de Gorillaz.

Las luces se apagaron.

Un sonido discordante atravesó el comedor. Un ruido gutural se escuchaba lentamente, por encima de una larga y fuerte aspiración.

Los jóvenes se agruparon detrás del sofá y encendieron las linternas de sus teléfonos móviles apuntando al altillo, de donde venía aquel ruido. Un violento golpe contra la puerta de una de las habitaciones de arriba hizo que todos se sobresaltaran. Luego, un segundo. Después, un tercero. Cada vez con más violencia.

—Viene del dormitorio de invitados —les informó Quentin.

—¿De qué tipo de invitados? —preguntó Maxime.

Un cuarto golpe hizo temblar las paredes y gritar a Quentin.

—¡Ay!

Léa le había clavado las uñas en el brazo.

—¿Está cerrada con llave? —interrogó Julien.

—No —respondió Quentin—. Basta con empuñar el picaporte y tirar. Lo que es seguro es que no se va a abrir golpeando desde adentro.

—Eso quiere decir que hay algo dentro de esa habitación que no sabe usar un picaporte y que intenta salir —dedujo Mehdi.

—¿Camille? —exclamó Maxime al darse cuenta de que ella no estaba allí.

—Camille sabe abrir puertas —subrayó Julien.

—Está vomitando en el baño —agregó Mehdi.

—¿Estás seguro? —preguntó Léa.

—La vi pasar directa al inodoro mientras vosotros os manoseabais.

—¡Camille! —llamó Quentin.

Recibió un nuevo golpe contra la puerta del primer piso como única respuesta, aún más violento que los anteriores. Entonces la puerta se abrió, como si el intruso que se encontraba dentro hubiera comprendido al fin que había que tirar, y no empujar. Algo se escabulló en el altillo.

—¡Ahí! ¡He visto algo! —gritó Marie que iluminaba la parte alta de la escalera.

—¿Qué era?

—No lo sé, se movía demasiado rápido.

—Parecía un... animal —comentó Julien.

El sonido gutural se escuchaba de nuevo arriba de la escalera.

—¿Un jabalí? —sugirió Julien.

—Un jabalí no hace ese tipo de grito —subrayó Léa.

—¿Por qué? ¿Ya has oído alguno?

—¡Me importa una mierda el grito del jabalí! —se irritó Mehdi—. ¿Qué queréis que haga un puto jabalí dentro de ese puto dormitorio?

Las luces de los teléfonos apuntaron hacia la escalera, que seguía desierta. Una forma negra se deslizó entonces por los escalones de cuatro en cuatro, antes de refugiarse detrás de un sillón.

—¿Habéis visto eso? —exclamó Quentin.

—Me voy a mear encima —confesó Léa.

Medhi fue el primero en moverse. Se levantó.

—¿Qué haces? —preguntó Maxime.

—Voy a comprobar que Camille sigue en el lavabo.

Se dirigió discretamente hacia el cuarto de baño. Su movimiento se vio paralizado por un nuevo rugido. Dos miembros y una cabeza sin rostro aparecieron sobre el respaldo del sillón. Una contorsión demente propulsó el resto de aquella extraña anatomía del otro lado del asiento. La cabeza gacha. Un nuevo retorcimiento del cuerpo propulsó a la criatura sobre sus dos miembros superiores, dándole un aspecto algo más humano, aunque todavía no se le distinguía el rostro. Se aproximó a los jóvenes con movimientos dislocados, a la vez lentos y bruscos, casi desarticulados y que no tenían nada de persona. Mehdi siguió retrocediendo lentamente hacia el cuarto de baño sin apartar los ojos del intruso.

—¿Camille? —gritó Marie con una voz muy cerca del síncope—. ¿Eres tú?

Mehdi eligió ese momento exacto para alcanzar la puerta del cuarto de baño. Estaba vacío, salvo por un vestido abandonado en el suelo. En el comedor, la criatura efectuó entonces un salto de lado, contrario a todas las leyes de la física, antes de dirigirse corriendo hacia el sótano.

—¡Cierra la puerta, rápido! —ordenó Léa a Quentin.

Pero no tuvo tiempo. La luz volvió después de unos segundos, y también la música… y la criatura.

—¡Tacháaaaannn! —soltó Camille quitándose la capucha y saludando a una audiencia paralizada.

—¡Cómo nos la has colado! —gritó Maxime.

—¡Vamos, os toca beber! —exclamó ella con expresión triunfal.

—¡Ha sido impresionante! —aprobó Quentin—. ¿Cómo has hecho eso?

Camille se había puesto unas prendas negras que se confundían con la oscuridad. Bombardeada por las preguntas, les explicó al fin el truco. Clément le había dado la idea al citar *El exorcista* hablando de sus películas de terror preferidas.

En efecto, la escena en la que la pequeña Regan desciende la escalera a cuatro patas retrocediendo, completamente desarticulada y vomitando sangre, era una de las más impresionantes del cine de horror.

Camille había fingido unas ganas urgentes de vomitar y se había asegurado de que Mehdi la viera pasar al cuarto de baño. Antes, había escondido ahí una bolsa con su disfraz. Mientras ellos bailaban, había salido discretamente para ir a cortar la electricidad en el sótano. Había encontrado el disyuntor durante su desafío en el juego de beber. Con la oscuridad que la hacía invisible, había subido al primer piso y se había colado en uno de los dormitorios. A partir de ese momento, había utilizado las historias de Quentin sobre los extraños visitantes de la casa y había golpeado violentamente la puerta, para anunciar la aparición de «la criatura».

—Me inspiré de la contorsionista Linda Hager, que dobló a la actriz de *El exorcista* —explicó Camille, una apasionada de las *performances* físicas—. Trabajé el truco como una loca durante estas tres semanas. Lo he combinado con una técnica del teatro *kabuki*...

—¿Kabu qué? —interrumpió Maxime.

—*Kabuki*. Es una danza japonesa que consiste en exagerar los movimientos para expresar las emociones. ¿Has visto *The Ring*?

—Sí.

—Bueno, pues el personaje de Sadako es interpretado por Rie Inou, que se inspiró de los movimientos del *kabuki*. Primero la filmaron caminando hacia atrás y luego pasaron la escena al revés. En la pantalla, eso da una forma de caminar que no es natural. Y cien por cien aterradora.

—¿Tú has tirado esto al suelo? —preguntó Quentin.

Levantó una piedra de la base de la escalera.

—¿Una piedra? ¿Para qué?

—¿No será una de esas piedras caídas del cielo? —se burló Camille.

—¡Oíd, yo no estoy bromeando con esta historia! —se defendió Quentin.

—Y ese ruido, ¿qué era? —preguntó Léa a Camille.

—¿No te acuerdas? ¡En *La maldición*!

Abrió la boca y aspiró, produciendo un profundo y lento rugido.

—¡Impresionante! Has trabajado para esta noche más de lo que lo harás para entrar a la universidad —bromeó Maxime.

—Pero esto me ha dado muchas ideas para el proyecto de fin de año.

—¿Para tu vestido de novia de papel higiénico? —se sorprendió Julien.

—Olvídate de eso, he decidido que mejor voy a preparar una *performance*. Además, el profesor no se cansa de molestarnos con eso. Voy a inventar una forma de danza que se llamará el «sadabuki», contracción de Sadako y *kabuki*. ¡Un género de danza terrorífica!

—Tienes razón, creo que yo también voy a presentar una *performance* —dijo Mathilde.

—¿Qué vas a hacer?

—Algo que produzca un buen efecto.

—¿Qué en concreto? —preguntó Julien.

—Todavía no lo tengo bien definido en la cabeza.

—Es inútil escondernos nuestros proyectos entre nosotros.

—Claro, tú estás haciendo una historieta con un superhéroe gay, no creo que nadie vaya a robarte la idea.

—Estoy seguro de que la tuya tampoco corre riesgos de que la copien.

—¿Y tú qué sabes?
—Tú eres única.
—Si no fueras gay me tomaría eso como una declaración.
—Vamos, escúpelo, Mathilde —le rogó Marie.
—Dinos el tuyo primero.
—¿El mío? ¿No lo habéis adivinado?
—Seguramente vas a presentar algo en blanco y negro.
—Trabajo en un fragmento de la película *Luces de la Ciudad*. ¿Habéis visto la escena del primer encuentro entre Chaplin y Virginia Cherrill?
—No, pero te escuchamos.
—Voy a grabarme en el papel de la ciega, sobre un fondo verde, y me incrustaré en el lugar de la actriz. Será mi reencuentro con Chaplin.
—¿Qué relación tiene con el tema?
—El tema es las diferencias, ¿no?
—Sí, ¿y? ¿Cuál es la diferencia que pones en relieve con eso?
—Bueno, explícame qué tiene de normal el encontrarse en el papel de una ciega, en 1931, delante de Charles Chaplin ofreciéndole una flor. Te toca, Mathilde.
—Vale. Bueno... Yo voy a raparme la cabeza y hacerme tatuar un segundo rostro en el cránco. Será la otra cara de la moneda.

Pasaron unos segundos en los cuales cada uno trató de imaginarse cómo sería Mathilde si llegara a concretar esa idea.

—¡Venga, tíos, dejad de poner esas caras! Parece que acabo de anunciaros mi muerte.
—¿Hablas en serio? —preguntó Camille.

—¡Voy a realizar una *performance*, como tú! Salvo que la mía va a durar un poco más de tiempo. Todavía no tengo claro el rostro que voy a elegir. También podría ser un tentáculo del pulpo que tengo tatuado en el cuerpo...

—Estás totalmente loca —comentó Léa.

—No, eso es lo que los demás dicen de nosotros porque somos distintos de los que están en la norma. El tema de trabajo sobre la diferencia está hecho para este grupo. Así que no dejemos pasar la oportunidad.

—Tienes razón —aprobó Quentin—. Incluso el tuyo, Léa, no está mal encaminado.

Léa lo taladró con una mirada oscura.

—A los demás también nos gustaría conocer ese secreto —se interesó Maxime.

—Puedes decírselo, no pierdes nada —insistió Quentin.

—Ahora que tú los has intrigado, seguro.

Todos se pusieron a gritar «¡Léa, Léa, Léa!».

—Está bien. ¿Conocéis a Pascale Lafay?

—¿Quién?

—Una artista plástica que me gusta mucho. Dirigió *Ouvre les Yeux*[8], un video genial en el que se ve a unas personas con los ojos cerrados. Pascale Lafay les coloca un objeto entre las manos, luego les dice que abran los ojos y filma su reacción.

—¿Qué objeto es? —preguntó Marie.

—Una pistola.

—¡Guau!

—Es genial ver las distintas reacciones de cada persona al ver la pistola entre sus manos. Va desde la que quiere deshacerse del arma, hasta la que apunta directamente al espectador, pasando por la que se apoya el cañón de la pistola en la sien como para suicidarse.

—¿Y vas a plagiar ese video?

8. N. del T.: *Ouvre les Yeux* (Abre los ojos).

—Me voy a inspirar en él, para adaptarme a una tendencia en el arte contemporáneo que gira en torno a lo excéntrico y lo sexual. En lugar de la pistola, pondré en la mano de mis cobayas... un vibrador.

—¿Qué? —Marie contuvo la risa.

—¡Excelente! —aprobó Mathilde.

—Es un proyecto osado, admítelo —juzgó Quentin.

—Sí, pero funciona. Mi hermano estudia Bellas Artes y si vierais lo que hace... Os aseguro que ahora el arte tiene más que ver con Paul McCarthy[9] que con Miguel Ángel.

—¿Tu hermano te aconsejó hacer eso?

—Me aconsejó provocar. Eso impacta mucho más que lo bello. Pero mi padre se enteró y ahora está insoportable.

—Con un consolador de por medio, es normal —dijo Maxime.

—Qué divertido.

—¡No sois más que unos mierdas! —les gritó de pronto Mehdi.

Todos los amigos se quedaron paralizados, no tanto por lo que había gritado Mehdi como como lo que tenía en la mano.

Mehdi los apuntaba con una pistola automática.

Y no tenía aspecto de estar bromeando.

---

9. Paul McCarthy es autor de *Tree*, un árbol de Navidad con forma de *plug* anal inflable de 24 metros de altura, que se expuso en 2014 en la Place Vendôme de París. Provocó una gran polémica en Francia y finalmente fue retirado.

12.

—¿Te has vuelto loco? —exclamó Quentin.

—¡Cállate! —Amenazándolos con el arma, Mehdi ordenó a todos que se tumbaran boca abajo en el suelo, con las manos sobre la nuca. Quentin no se lo tomó en serio y avanzó hacia él. Mehdi levantó el brazo y disparó al aire, en dirección a la estructura metálica de la casa. La detonación les perforó los tímpanos. Esa era una de las grandes diferencias entre la vida y el cine. En la realidad, el estallido de un disparo atraviesa el blanco antes que la bala, como un anticipo deslumbrante de la muerte.

Tres segundos más tarde, estaban todos tirados en el suelo, incluido Quentin.

—¡Estás enfermo! —le soltó Maxime.

—¡Menos enfermo que vosotros, banda de degenerados! Ya hace tiempo que esperaba este momento.

—¿De qué hablas? —se inquietó Mathilde.

—¡No me mires y pon la nariz contra el suelo, puta! —ordenó Mehdi apoyando el pie sobre su cabeza—. Les dais la libertad y ya veis lo que pasa: una sucia puta degenerada que quiere tatuarse el cráneo, una calentona rica entusiasmada por Satán y una perversa que filma consoladores.

—¿Hablas de nosotras? —se ofuscó Mathilde.

—¡Cállate! No valéis unos más que otros. No sois más que una banda de infieles que se revuelcan en la lujuria occidental.

—¡Eh, te has vuelto loco! —replicó Maxime—. ¿Crees que eres Bin Laden o qué te pasa?

Un segundo impacto hizo explotar una de las botellas de vodka, esparciendo vidrios y alcohol en el suelo.

—¡He dicho que os calléis! —se desgañitó Mehdi.

La detonación todavía resonaba en la habitación, por la que se esparcía un ligero olor a pólvora.

—No entendéis nada. Yo odio todas vuestras preocupaciones fútiles, vuestras noches de desenfreno y borracheras, vuestras conversaciones subversivas, vuestra música profana, vuestras depravaciones sexuales...

—Espera, ¡pero si tú eres el más mujeriego de la banda! —arguyó Marie.

—¡Basta! Sois vosotras, perras, las que corréis detrás de los hombres. Hay que taparos para que os quedéis en vuestro lugar.

—¿Se ha radicalizado o lo estoy soñando? —murmuró Léa.

—¡No te engañes! Sois vosotros los que os habéis radicalizado. Sois esclavos de una sociedad de consumo a ultranza, de abundancia material y diversiones embrutecedoras. Hasta tal punto que adoráis esa servidumbre y queréis imponérsela a todos los pueblos. Sois los representantes de una nueva generación degenerada que perpetúa la perversión del alma humana. ¡Miraos, pobres idiotas! Todas esas noches que pasáis emborrachándoos, comiendo mierda, vomitando, retorciéndoos con lo que llamáis música. ¡Todas esas noches riendo como estúpidos y metiéndoos miedo como si tuvierais diez años! Todo este tiempo que pasáis en vuestros ordenadores idolatrando a los dioses Gafam y Natu[10]. Vuestros trabajos de fin de año no hacen más que ilustrar esta perdición. Ninguna espiritualidad, ninguna visión del mundo, ningún ideal. Solo pensáis en vosotros, en aprender cómo sacar provecho de un sistema capitalista que cada año mata a siete millones de personas solo por la contaminación del aire. ¡Sí, y hoy las cámaras de seguridad van a filmar mi sentencia!

Se escuchó el gatillo del arma, que anunciaba la carga de la bala siguiente, lista para ser disparada. Mehdi gritó dos palabras que les congelaron la sangre.

—¡*Allahou Akbar!*

Les había llegado la hora.

El tercer disparo desencadenó gritos y llantos, antes de que otros tiros alcanzaran a los jóvenes en el suelo. Un ruido seco indicó entonces que el arma estaba vacía: la sentencia estaba ejecutada, el atentado perpetrado bajo la mirada de las cámaras mudas. Enchufadas sobre los cuerpos que yacían entre trozos de vidrio en medio del comedor, estas habían registrado la hecatombe, pero no la risa burlona de Mehdi.

---

10. Acrónimos que designan a los gigantes de internet: GAFAM (Google, Amazon, FaceBook, Apple, Microsoft) y NATU (Netflix, Airbnb, Tesla, Uber).

13.

—¡Pero qué bien me lo he pasado! —exclamó Mehdi.
A sus pies, los cuerpos se movieron, los rostros se levantaron ofreciendo a Mehdi expresiones desconcertadas.
—¿Qué ha pasado? —preguntó atontado Quentin.
Mehdi agitó la pistola.
—Es una pistola anti-agresión. Son balas de fogueo, pero con verdadera detonación. Efecto garantizado.
Todos se pusieron de pie salvo Léa, todavía en *shock*. Mehdi le tendió el brazo para ayudarla.
—Vamos, Léa. No estás muerta. Tu hora aún no ha llegado.
—¿Por qué has hecho eso, joder?
—Para asustaros. ¿No era el tema de la noche?
—Con tus mierdas, me he cortado el dedo —le reprochó Julien.
Se había lastimado con un trozo de vidrio y le sangraba la mano.
—¿Cómo has podido romper una botella con las balas de fogueo?

—La tiré al suelo mientras teníais la nariz contra el parqué. Para haceros creer que disparaba balas de verdad.

—¡Ha sido impresionante! —aprobó Quentin.

—Con mi jeto de árabe y todo lo que se dice sobre los musulmanes, para mí es muy fácil jugar la carta del terrorista, ¿o no?

—Al principio creí que te habías vuelto loco —confesó Marie—. Pero tu discurso sobre las mujeres, sobre lo que éramos, sonaba tan real que pensé que te habías radicalizado sin que lo supiéramos.

—Sí, gracias por lo de «sucia puta degenerada» —se quejó Mathilde.

—No lo pienso ni de cerca. En serio, me gustas mucho con tu cabello plateado y la verdad es que me encantaría explorar todos tus tatuajes si me dieras luz verde...

—Entre nosotros no, esa es la regla.

—¡Pero Léa y Quentin la rompieron!

—Son la excepción.

—Yo también quiero que seamos la excepción.

—Imposible, si no, ya no es una excepción.

—¡Ah, mirad al gran mujeriego! —gritó Camille—. Después de haber jugado a ser terrorista para conseguir las 70 vírgenes, ahora quiere carne.

—Cuando nos acusaste de comer mierda —dijo Maxime—, ¿incluías mis espaguetis «al diablo»?

—No, aunque no eran *halal*[11], me gustó mucho tu salsa. Francamente, tío, fue duro fingir ser un amargado, tener que callarme toda la noche, y sobre todo llamaros putas cuando las chicas sois lo que más amo en este mundo... Después de mi Iphone 8 y mi PS4.

---

11. N. del T.: Carne de animal que ha sido sacrificado según los ritos prescritos por la religión musulmana.

—¡Enfermo obsesivo! —le lanzó Maxime.

—Sí, ya, pero ¿de dónde has sacado todo ese discurso? —insistió Marie.

—En realidad, nunca os he contado todo sobre mi pasado.

—¿Es decir?

—Os lo puedo confesar ahora, pero primero tenéis que hacer algo.

—¿Qué?

—Beber cuatro tragos cada uno.

14.

Al finalizar la ESO, Mehdi estuvo a punto de dejarse influir por un imam. En esa época, vivía en los suburbios de Marsella y sus padres lo vigilaban muy poco. No podían educarlo realmente porque tenían que trabajar. Él no recibía ninguna influencia de su núcleo familiar y tampoco de la educación pública, pero sí sufría la de sus amigos que hacían trapicheos al pie del edificio donde vivían y la del imam del barrio, cuyo discurso se ajustaba al Corán como una acusación al Código Penal.

Harto de la palabrería de sus «socios del edificio», Mehdi se había dejado convencer poco a poco por las afirmaciones radicales de aquel astuto religioso. Le ofrecía una visión maniqueísta y tranquilizadora del mundo, dividido entre los combatientes y los infieles. Era tranquilizadora simplemente porque Mehdi había nacido del lado de los combatientes. Solo le faltaba demostrar que era digno de ellos, que nunca se pasaría al bando contrario y se convertiría en un traidor.

A los quince años, Mehdi se saltaba las clases para pasar el rato en el antiguo garaje transformado en mezquita.

Ahí, el imam le describía la sociedad sin valores en la que vivían, que había relegado a los combatientes al rango de perdedores. Lo ponía a él en un pedestal desde el que, un día, tendría el poder de vengar a sus hermanos y acceder al paraíso. Comparada con los planes nulos de sus amigos del barrio, con la perspectiva ineludible de terminar en prisión, desempleado o, como mucho, trabajando en una obra, para Mehdi la misión divina tenía mucha mejor pinta. Trabajar para Dios era más gratificante que obedecer las órdenes de un maestro, un camello o un patrón de la construcción.

Una psicopedagoga lo había rescatado de ese camino al martirio. La señora Brossard había descubierto en él una creatividad y un don por el dibujo que estaban ahogados por un ambiente en el que el arte solo se desplegaba en los muros del barrio, en forma de *graffitis*. La señora Brossard también había percibido en el adolescente signos de un proceso de radicalización islamista que un consejero menos concienzudo habría tomado por una simple rebeldía adolescente: rechazo a la autoridad y a la vida en sociedad, comentarios conspiradores y apocalípticos, un nuevo interés por códigos lingüísticos, vestimentas y alimentos propios de su religión...

Brossard se hizo responsable del chico y convenció a sus padres de que lo enviaran a Niza con su abuela al finalizar el curso escolar, con la esperanza de integrarlo en la sección de Artes Aplicadas del liceo de Vence. Mehdi había presentado sus dibujos y pasado el examen de ingreso. Entró en el puesto 18 entre los veintinueve alumnos admitidos en el penúltimo año del liceo. Destacó enseguida por su elocuencia y por su capacidad para valorar el trabajo ajeno, más que por su talento como dibujante. Sabía venderse y todo lo que tomaba forma entre sus manos pasaba fácilmente por una obra de arte.

Como tenía éxito entre las chicas, pronto se volvió muy popular y suscitó el interés, y luego la amistad, de la banda de Los Ocho. En cuanto a su pasado en Marsella, le había hecho una cruz. Cortó todo contacto con el imam, con el barrio y con su familia, con la excepción de su madre que le enviaba dulces cada semana.

—Nunca nos hablaste de todo eso —le reprochó Léa.

—No es nada grandioso. Prefiero que tengáis de mí la imagen de un galán, y no la de un perdedor.

—¿Sabes? —le confió Marie— Lo peor es que, entre todo lo que has dicho antes, no solo había tonterías. El mundo realmente se va a la mierda.

—Pues sí, pero el remedio, créeme, no es el Islam. Al contrario. Es como prescribir Captagon a los cancerosos para hacerles creer que mejorarán.

—¿Prescribir qué?

—El Captagon es una droga euforizante que los fundamentalistas islámicos dan a los terroristas kamikazes para que se sientan bien antes de explotar por los aires.

—En cualquier caso, nos la has jugado pero bien —reconoció Quentin.

—Con esto del terrorismo no es difícil.

—Me encantaría ver el video de tu *performance* grabado por las cámaras —dijo Camille.

—Yo en tu lugar no dejaría que se viralice —aconsejó Marie a Mehdi—. La gente malintencionada podría servirse de eso para ficharte como terrorista, o directamente para culparte por un atentado.

—También podrías utilizarlo como tu trabajo de fin de año —bromeó Maxime—. Estoy seguro de que eres capaz de vender el concepto artístico de un video como ese.

—Mis talentos comerciales tienen sus límites...

—¿Qué proyecto tienes?

—Nada por ahora.

—¡Presenta el video! —lo exhortó Quentin—. Te doy una copia. Lo que importa en el arte es impactar.

—¡Gracias a Daesh, marca la diferencia![12] —anunció Maxime con el tono de una voz en *off* que anuncia un eslogan al final de una publicidad de jabón para la ropa—. Pega con el tema de los proyectos.

—No te engañes —dijo Mehdi. Daesh es tradicionalismo, conservadurismo y conformismo encajonado. Daesh no aporta nada nuevo porque solo reivindica una interpretación literal de un libro escrito hace mil cuatrocientos años. Daesh cría un rebaño de borregos. Hasta el punto de que, hoy, cualquier cretino que quiera terminar con su vida, o con su vecino, copia el método del terrorismo islámico, cargándose a la gente con armas automáticas o coches kamikaze. ¡Sean o no musulmanes! No... si queremos utilizar esta grabación y que tenga algo que ver con el tema sobre la diferencia como riqueza, hay que desvirtuarla.

—¿Cómo?

—Post-sincronizando las imágenes con una banda sonora increíble, por ejemplo. En lugar de despotricar idioteces contra los infieles, recito un poema sufí y os obligo a aprenderlo de memoria bajo la amenaza de mi arma. ¡Esperad, tengo una idea! ¡Un atentado artístico! Obligar a las personas a aprender un poema so pena de masacrarlas. ¡Joder, ya tengo mi trabajo de fin de año! ¡Gracias, tíos!

---

12. N. del T.: Daesh o Daish, grupo paramilitar terrorista islámista conocido también como Estado Islámico, ISIS o EI.

—¡Los vas a volver locos! —aprobó Maxime.
—De hecho, Quentin, ¿has dicho que tienes una *Xbox*?
—Sí, ¿por qué?
—Podríamos jugar a un *slasher game*, ¿no? ¿Qué juegos tienes del tipo *survival horror*, de los que te matan de miedo?
—¿*Until Dawn* te va?
—Totalmente. Es el único juego con el que mi prima se ha asustado.
—¿De qué va? —preguntó Marie.
—Una banda de amigos que terminan masacrados en un chalé por un misterioso psicópata enmascarado.
—Ya estamos en ese ambiente —confirmó Quentin.
—Si no, ¿tienes también *Resident Evil 7*?
—Ehhh... no.
—Tú te lo pierdes, tío. Ese también es aterrador. Además, ¡ahora puedes pasarte todo el juego en modo Realidad Virtual! Y entonces es como si de verdad estuvieras con una familia de chalados en el culo de Estados Unidos. Te lo garantizo, te vuelves loco de miedo, sobre todo cuando tu novia, a quien has ido a salvar, va y te apuñala.
—Hay algo extraño —dice Marie.
Repuesta de las emociones, se había puesto a hacer fotos de nuevo.
—¿Qué, se ha bloqueado de nuevo tu cámara?
—Todos tenéis caras raras.
—Eso ya lo sabemos —confirmó Maxime.
—No bromeo.
Quiso pasar las fotos en su pantalla digital, pero habían desaparecido.
—No lo entiendo, solo me queda esta.
La mostró.

Se veía a Quentin y Léa bailando, pero solo se los podía reconocer por la ropa pues sus rostros, que miraban al objetivo, estaban completamente deformados.

—Es un truco —supuso Léa.

—¿Cómo lo voy a hacer en la cámara?

—Eso que hay detrás de nosotros, ahí, ¿qué es? —preguntó Léa.

—Parece lo mismo que aparecía en las fotos de Pierre Beake —observó Quentin.

Se precipitó sobre *Los Misterios del col de Vence* y lo abrió en una de las páginas ilustradas.

—Mirad la esfera blanquecina, ahí, detrás de ese tipo. ¡Es la misma que aparece en la foto que ha sacado Marie!

—¿Qué tratas de decirnos? —lanzó Mehdi—. ¿Qué los extraterrestres se han unido a nuestra noche de terror? Esta vez no me pillas.

—Pero yo no he hecho esa foto.

—Lo has planeado con Marie —sospechó Maxime.

—¡Qué va! ¡Eso no tendría gracia!

—Hagamos otra foto —sugirió Marie. Poneos todos delante.

Se reagruparon delante del objetivo. Ella presionó el botón del obturador y verificó enseguida el resultado. Comenzó a despotricar.

—¿Qué? —lanzó Quentin.

—No la encuentro… Ha desaparecido… Otra vez.

La vieron irritarse, sin saber realmente si Marie los estaba engañando. Su rostro se iluminó de pronto.

—¡Ah, vale, aquí está!… De todas formas, qué rara es esta historia.

—¿Podemos verla? —preguntó Quentin.

—Tenéis las caras normales, y no hay esfera luminosa —dijo Marie.

—Y eso de ahí, ¿qué es? —reaccionó Julien señalando algo en el fondo de la imagen.

Marie amplió la imagen sobre el altillo, justo encima de sus cabezas. La imagen no era nítida.

—Parece una forma humana.

Todos los rostros se volvieron hacia lo alto de la escalera. La forma ya no estaba allí.

—¡Hay alguien más en la casa! —concluyó Léa aterrada.

15.

—Seguro que es Clément, que nos está preparando un susto —apostó Camille.
—Ya vale de hablar de ese tipo —dijo Julien—. Ha pasado de nosotros, punto y aparte.
—Si no es él, entonces ¿quién está en el altillo?
Quentin se armó con el atizador de la chimenea.
—Lo vamos a averiguar enseguida.
—Te sigo —dijo Mehdi empuñando su pistola antiagresión.
—¿Balas de fogueo para eliminar a un extraterrestre? —se rio Maxime.
—Seguro que tus chistes son más eficaces.
Subieron la escalera como ladrones, en fila india. Quentin iba en cabeza. Se desplegaron en el piso de arriba e inspeccionaron cada habitación antes de reagruparse delante de la biblioteca, sin novedades.
—¿Hay un desván? —preguntó Marie.
—¡La buahrdilla! —exclamó Quentin. Es el único lugar en que no hemos mirado.

Llevó a sus amigos al fondo del pasillo del altillo, se detuvo ante una puerta y dudó unos segundos antes de decidirse a abrirla. Empezó a subir por la estrecha escalera.

—Con cuidado —advirtió Léa.

Quentin solo respondió con el crujido de los escalones de madera bajo sus suelas. Subió lentamente en la oscuridad, apoyó con cuidado las manos y luego un pie en el suelo polvoriento, y avanzó bajo el techo evitando golpearse.

—¿Clément? —lo llamó al azar.

—¿Ves algo? —soltó Léa desde la escalera.

Los demás esperaban abajo.

Quentin no respondió. Encendió la linterna de su móvil y recorrió el espacio a su alrededor. Una sombra se movió en un rincón al pasar el rayo luminoso. Él se quedó paralizado.

—¿Quién está ahí?

Desde donde estaba, Quentin no venía bien. Dio un paso tratando de no hacer ruido. En el mismo instante, la sombra se desplegó y fue hacia él emitiendo un chillido, antes de llegar a la otra punta del desván. Quentin gritó a su vez y dejó caer su teléfono. Los otros se precipitaron hacia la escalera como refuerzo, con Léa y Maxime delante.

—¿Estás bien? —lo interpeló Léa.

—¿Qué has visto? —preguntó Maxime.

—Me he dado el susto de mi vida —se limitó a responder.

Recogió su teléfono y verificó que no estaba roto. La luz todavía funcionaba. Iluminó la parte del desván donde se había refugiado el intruso. Le temblaba la mano.

—¿No ves nada? —se inquietó Léa.

—Salgamos de aquí —ordenó Quentin.

—¿Por qué has gritado? —inquirió Maxime.
—Tuve miedo, eso es todo. Vamos, no hay nada que ver aquí.

Dejaron el desván, perplejos, y se unieron a los demás en el pasillo. Sin más explicaciones, Quentin bajó al salón para servirse un vodka con naranja.

—¿Qué haces? —le soltó Léa.

—Me he asustado, así que bebo.

Después de haberse alcoholizado un poco más, Quentin terminó confesando que había tenido miedo... de un murciélago.

—Ha sido la primera vez que he visto uno —se justificó—. En ese momento, creí realmente que una criatura se abalanzaba sobre mí.

—Una criatura de unos pocos centímetros —subrayó Mathilde.

—No veía nada. ¡Las alas se me engancharon en el pelo! ¡Y ese grito atroz!

—¿Por qué no nos lo dijiste enseguida? —se sorprendió Léa.

—No quería quedar como un gallina.

—Pero eso no nos dice nada sobre la silueta difusa que está detrás en la foto —comentó Marie—. Lo que está claro es que eso no es un murciélago.

—Bueno, ¿hacemos una pausa para el postre? —propuso Maxime metiendo la mano en una caja de chucherías Haribo.

Dispusieron los dulces de la madre de Mehdi sobre la mesa y se pusieron a comer de nuevo.

—Cuando te enfadaste hace un rato conmigo porque dije que quería casarme con tu madre, ¿eso también era falso? —quiso tranquilizarse Maxime.

—No, eso era cierto. Y si se te ocurre volver a hablar de casarte con mi madre, te clavo un cuchillo en la panza.

Mehdi se había levantado al mismo tiempo que profería su amenaza para tomar un cuchillo de la mesa y tocar el vientre de Maxime, paralizado.

Mehdi estalló de risa.

—¡Te la he jugado de nuevo, gordo! ¡Vamos, cuatro tragos! Lo siento, no me he podido resistir.

Maxime vació su vaso.

—Decía idioteces —lo tranquilizó Mehdi. Amo a mi madre, por supuesto, pero no hasta el punto de ser tan susceptible como esos cretinos que se vuelven locos cuando se habla de su progenitora. ¡Eh, pero es que no me conocéis, banda de estúpidos!

—Confieso que me di cuenta de que no eras tú desde el principio —dijo Mathilde.

—¿En ningún momento se os ocurrió pensar que cuando tensaba el ambiente para que mi personaje fuera más creíble no era más que una mentira?

—Te has ganado un Oscar por ese numerito, tío —confesó Julien.

—Hasta ahora, todos habéis jugado muy bien el juego —comprobó Quentin. Son apenas las nueve de la noche y ya estamos todos borrachos.

—¿Y tus discursos sobre los visitantes misteriosos, en realidad, son verdaderos o falsos? —preguntó Mehdi.

—Sinceramente, los fenómenos de los que os he hablado son auténticos. No me he inventado los libros, ni los informes policiales, ni los artículos de prensa, ni las fotos. Además, ya habéis visto lo que ha pasado con la cámara de Marie.

—En realidad, no —confesó ella—. Os mentí. Solo aproveché tus historias para asustaros.

—¿Quieres decir que las fotos…?

—Cambié la tarjeta de memoria para haceros creer que habían desaparecido.

—¿Y las caras deformadas? ¿Y las esferas blancas?

—No hay nada más fácil en el menú de Nikon. Puedo editar la imagen directamente en la cámara, agregar efectos borrosos y colores.

Les mostró cómo podía alterar un rostro e incrustar una presencia detrás de ellos.

—¿Y la silueta del altillo, también la hiciste tú?

—Ah, no, yo con eso no tengo nada que ver.

—¿En serio?

Marie estalló en una carcajada ante la inquietud que congelaba los rostros de sus amigos.

—¡Eh! Os he asustado de nuevo. Agregué ese efecto mientras hacía como que buscaba las fotos en la cámara. No pude evitarlo, no hay nada como el placer de veros pasar miedo y beber a mi salud.

Empinaron de nuevo el codo sin ser conscientes de que, cuanto más se emborrachaban, más vulnerables eran. Mehdi tomó la palabra:

—Si resumo bien, Quentin nos la ha jugado con sus visitantes y su escena de estrangulamiento, Camille con su baile Sadako, Marie con las fotos trucadas, Mathilde con los dedos cortados, Julien con su rata, Léa en el papel del espectro detrás del vidrio y yo jugando a los mártires de Daesh. Os felicito por la creatividad. La seriedad y compromiso que le concedéis a nuestras noches de fiesta es digna de Los Ocho. ¡Esto merecería un brindis si no estuviéramos todos tan pasados!

—Hemos recuperado a Mehdi y su labia —constató Julien.

—No solo tengo labia, tío, también sé contar. Y hay uno de nosotros que todavía no nos ha mostrado sus cartas. ¡El jugador de póker!

Las miradas convergieron en Maxime.

—¿Por qué me miráis así?

—¿Has preparado un truco para asustarnos?

—Sí y no.

—Bueno, pues empieza por el «sí».

—He traído un tablero de Ouija.

La palabra «Ouija», evocadora de fenómenos horripilantes ampliamente expuestos en el cine, desencadenó un silencio en la sala, solo interrumpido por Mehdi.

—¿Y por qué «no»?

—Al final, creo que no es una buena idea. Este lugar no se presta.

—¿Por qué?

—Hay demasiados fantasmas aquí.

—¿De qué hablas?

—Has hecho un balance de los fenómenos producidos por nuestras memorables *performance*s. Pero has olvidado mencionar todos los que no hemos logrado explicar.

—¿Te refieres a la puerta del sótano que se abrió sola? —preguntó Camille.

—No solo eso. También está el ruido de la carrera extraña en el desván y la piedra que encontramos debajo de la escalera. Si ninguno de nosotros es responsable de esos hechos, significa que hay otra presencia en esta casa.

—Buscamos y no vimos más que una rata voladora —afirmó Quentin.

—Entonces esa presencia es invisible —concluyó Maxime—. Por eso he hablado de fantasmas.

—Pero siempre hay cosas que no se pueden explicar en la vida —dijo Quentin. Como los *crop circles* o el peinado de Mathilde.

—O tu sentido del humor —agregó ella.

—Si todo lo que hacen esos fantasmas se limita a puertas abiertas o a alguna piedra escondida, a mí no me molesta —declaró Marie—. Pero espero que no nos cojan manía.

16.

Maxime sacó el tablero de Ouija de su mochila. Su reticencia para utilizarla no había hecho sino aumentar la curiosidad de sus compañeros, que lo forzaron a enseñarles el material. Todos estaban ávidos de nuevas experiencias en el campo del miedo.

—¿Dónde encontraste esto? —le preguntó Léa.
—En Amazon.
—¿Sabes cómo utilizarlo? —indagó Julien.
—Sí, me he informado un poco.
—Es la primera vez que veo una de verdad.

En un tablero de madera barnizada, de unos 50cm por 35cm, figuraban las 27 letras del alfabeto, las cifras del 0 al 9 y las palabras «SÍ», «NO» y «FIN». Venía acompañada por una «gota», una especie de puntero que debía ser guiado sobre el tablero por los espíritus con los que se establece la comunicación.

—En general, hace falta estar un lugar neutro y deshabitado.

—Estamos bien aquí —dijo Quentin—. Todavía no nos hemos mudado oficialmente. ¿Dónde nos instalamos?

—No puede haber desorden. Podríamos ir a la mesa del comedor. ¿Tienes velas?
—Voy a mirar en los armarios. ¿Cómo las quieres?
—Negras, para absorber las malas energías y blancas, para atraer las buenas.
—Eso le va a gustar a Marie —observó Quentin.
—¿Corremos el riesgo de atraer fantasmas de verdad? —se inquietó Léa.
—Vamos a comunicarnos con el mundo del más allá. Eso implica que nos cruzaremos tanto con espíritus malignos como con alguno de los buenos. Y por eso hay que tomar ciertas precauciones.
—¿Crees en esas idioteces? —dudó Mehdi.
—No sé, nunca lo he probado. Creo en las películas. También he visto videos aterradores en YouTube. Si realmente queréis subir un grado en el «miedómetro», creo que esta es la forma.
—¿Qué hay que hacer? —le preguntó Mathilde liando un porro.
—Primero, no encender esa mierda —respondió Maxime.
—¿Por qué, perturba a los espíritus?
—Bueno, en realidad, antes y después de una sesión de Ouija no se deben consumir drogas ni alcohol.
—Pues estamos fritos —dice Marie.
—¿Y qué pasa si se hace? —preguntó Mathilde.
—Puede ser peligroso.
—¿Peligroso en qué sentido?
—No sé, puedes perder el control, dejarte poseer por un espíritu maligno...
—¡Idioteces! —exclamó Mehdi.
—Sí, puede ser, pero, ante la duda, mejor me lo fumo después —concedió Mathilde.

Maxime puso la Ouija sobre la mesa e invitó a sus compañeros a sentarse alrededor.

—También hay que apagar el equipo de sonido y los teléfonos para que haya silencio en la habitación. ¡Ah, sí! También necesito sal marina.

—Voy a buscar —dijo Léa.

Quentin apareció con las velas, que dispuso en los cuatro rincones de la sala antes de encenderlas.

—Nuestras rodillas deben de estar en contacto —precisó Maxime.

Dibujó entonces un círculo de sal marina que encerraba a los ocho participantes instalados en torno a la mesa.

—Una sola persona interroga a los espíritus —explicó Maxime colocando un bloc de notas y un bolígrafo sobre la mesa. Digamos que soy yo. Si tenéis algo que preguntar, tenéis que pasar por mí. Vamos a tocar la gota con los dedos. Comenzamos por una pregunta que solo necesita un «sí» o un «no» por respuesta. Os agradezco que estéis tranquilos, que seáis serios y educados, y que evitéis en lo posible burlas y risas, ya sea que creáis en esto o no.

—Cualquiera diría que lo has hecho toda la vida —comentó Mathilde.

—Lo maneja muy bien —constató Quentin—. Seguro que este también es su proyecto de fin de año y que lo está ensayando con nosotros.

Maxime golpeó la mesa con su puño, lo que asustó a todos. Contento con el efecto conseguido, se rio y exigió que los demás bebieran los cuatro tragos.

—Creía que no debíamos alcoholizarnos —objetó Mathilde.

—Pues sí, y antes también deberíamos meditar y purificarnos con un baño de lavanda. Pero, a estas alturas, vamos a saltearnos algunas consignas.

—Maxime sirvió vodka a sus compañeros y volvió a su lugar.
—¿Listos? —preguntó.
—¡Listos! —respondieron a coro.
—Bueno, comencemos con una plegaria. Es una buena protección para evitar que se introduzcan demonios y malos espíritus al conectarnos con el más allá.
—Esto me huele a fraude —se rio Mehdi.
—¿Y tú qué sabes? —objetó Camille —¿Ya lo has probado?
—No hay problema si no crees, tío. Solo te propongo una cosa. Sigue las dos o tres indicaciones que te doy. Si no sucede nada, entonces podrás decir que es una mierda.
—Vale, haz la plegaria. Solo espero que no saques un misal.
—¡Deja de ser tan pesado con tus sarcasmos! —se irritó Camille—. Si no tienes ganas de participar, vete a jugar a la *Game Boy*.
—Lo haría, si me prestas una —se burló Mehdi.
—¿Podemos empezar? —se impacientó Maxime.
—Si Mehdi nos lo permite… —refunfuñó Mathilde.
—Última cosa: ¿ninguno de nosotros está particularmente deprimido, de mal humor o enojado ahora mismo?
—Vamos a estarlo si sigues dando vueltas —subrayó Julien.
—No da vueltas, está sentado —dijo Mathilde.
—Vaya asco de chiste.
—Igual que tu humor.
—¡Perfecto! —se lamentó Maxime con ironía.
—¿El malhumor está contraindicado? —quiso informarse Marie.

—Puede atraer a los malos espíritus.

—Vamos, arranca de una vez —se impacientó Julien moviendo los dedos por encima de la Ouija.

Maxime se puso a rezar:

—Venimos aquí, calmados y serenos, animados por buenas intenciones. Venimos con respeto. Recíbenos como corresponde y guíanos hacia la luz y la verdad, rodéanos con tu protección y energías positivas. Considera mi mente tranquila y abierta, observa mi cuerpo relajado, permíteme comunicarme con el más allá sin miedo, sin prejuicios ni segundas intenciones.

—¿A quién le hablas? —intervino Mehdi.

—¡Shhh! —chistaron Léa y Julien.

—¿Quiénes de vosotros no creen en esto? —preguntó Maxime desconcentrado.

Mehdi, Marie y Mathilde levantaron la mano.

—Bueno… entonces Léa, Camille, Julien y Quentin, apoyarán conmigo el dedo sobre el cursor. Tú, Rima, escribirás las respuestas en este bloc. Podemos comenzar. Los demás no hacen nada. Solo observan.

—Espíritu, espíritu, ¿estás ahí? —recitó Maxime—. Si estás ahí, ¡manifiéstate!

Todas las miradas se concentraron en el cursor inmóvil.

—Espíritu, espíritu, ¿estás ahí? —repitió Maxime—. Si estás ahí, ¡manifiéstate!

El puntero se deslizó un centímetro, muy lentamente.

—¡Joder, uno de vosotros ha hecho eso! —acusó Léa, retirando la mano como si hubiera tocado un cable de 220 voltios.

—¡No puede ser! —se defendió Quentin separándose a su vez.

—Esto es de locos —comentó Julien sin despegar los ojos del cursor.
—Se ha movido solo —constató Maxime paralizado.
—¡De locos! —insistió Julien.
—¿No tienes otra cosa qué decir? —le reprochó Mathilde.
—Sí, de locos.
Maxime les rogó que cortaran y que se reconectaran.
—Volved a poner los dedos en la gota.
—¿Qué gota? —se sorprendió Quentin.
—Es el nombre del cursor —respondió Marie—. ¡Si escucharas un poco...!
—Nunca lo vamos a lograr —se impacientó Maxime.
—Vale, concentrémonos —ordenó Julien.
—Espíritu, ¿quieres comunicarte con nosotros?
Pasaron unos segundos expectantes. Mehdi se rio, Mathilde contenía la risa. Camille les ordenó cerrar la boca. El cursor se deslizó, un poco más rápido esta vez, hasta el «SÍ».
—¡Joder! —exclamó Quentin.
—Quiere comunicarse con nosotros —dedujo Maxime—. Voy a hacerle otra pregunta.
—Pregúntale quién es —sugirió Quentin—. No me gusta tener desconocidos en mi casa.
—Todavía no.
—¿Qué le quieres preguntar?
—Espíritu, ¿eres un espíritu bueno?
El cursor se movió hacia el centro del tablero y giró antes de deslizarse hasta el «NO».
—Esto da miedo —dijo Julien.
—¿Queréis que paremos? —soltó Maxime.
—¡No! —gritó Camille.

—Interroguémoslo un poco más antes de decirle «bye bye» —sugirió Quentin.

—¿Qué quieres preguntarle? Una pregunta que se pueda contestar por sí o no.

—¿Está relacionado con alguno de nosotros?

—Espíritu, ¿estás relacionado con alguno de nosotros?

La gota atravesó el tablero para posicionarse sobre el «SÍ».

—Yo ya estoy harta —dijo Léa, que estaba cada vez más incómoda.

—Deja de asustarte o te beberás directamente los cuatro tragos —amenazó Mehdi.

—Uno de vosotros está manipulando el cursor —supuso Marie—. Estoy segura de que eres tú, Maxime.

—No, va en serio, esa cosa se mueve sola —afirmó Camille.

En ese momento, el puntero, que nadie había soltado, atravesó la Ouija y se salió del tablero.

—¿Qué ha pasado? —gritó Camille.

—Hemos entrado en contacto con un espíritu maléfico.

—¿Qué? ¿Cómo lo sabes?

—Paremos todo —decidió Maxime.

—¿Por qué? —se lamentó Quentin.

—Porque no queréis conocer la identidad del espíritu maligno.

—Si está relacionado con alguno de nosotros, yo quiero saber quién es.

—Si es maligno, la verdad es que yo no quiero—objetó Léa.

—Es mejor conocer al enemigo para poder afrontarlo, ¿no?

—Estáis delirando completamente, chicos —se burló Maire—. ¡Si os escucharais hablar!

—Tienes razón —dijo Mehdi—. Terminemos con esto.

—Bueno, pero después cortamos —cedió Maxime—. A mí me da miedo esta cosa.

—Como queráis —dijo Léa—. Pero a la menor cosa rara, yo me piro.

Maxime volvió a colocar la gota sobre el tablero y de nuevo todos colocaron un dedo encima.

—Espíritu, ¿cómo te llamas?

Un silencio planeó sobre el tablero. No pasó nada.

—Espíritu, ¿cómo te llamas?

Medhi contuvo las ganas de hacer una broma. Prefirió gozar del espectáculo de sus compañeros absortos por aquella gota inmóvil, paralizados por la aprehensión.

De pronto, el cursor comenzó a moverse sobre las letras del alfabeto.

—¡Se mueve cada vez más rápido! —exclamó Camille.

—Nunca deberíamos haber… —dijo Léa—. Yo me voy.

—No, espera —dijo Maxime. Creo que nos ha tocado un espíritu tímido que no se atreve a presentarse. Primero le voy a preguntar dónde está… Espíritu, ¿dónde estás?

La gota se movió hacia la A, luego a la F, luego a la U… Marie anotaba las letras en mayúscula en el bloc.

—«¡AFUERA!» —gritó—. ¡Está afuera!

Miraron a través de las ventanas que los separaban de la noche sin luna. Un ligero zumbido planeaba sobre sus cabezas.

—¡Shhh! —hizo Quentin.

—¿Qué es ese ruido? —preguntó Marie, ya presa del pánico.

—Se parece a un motor.

—¿Un helicóptero?

—No, no es tan fuerte.

Maxime se levantó en dirección a la puerta.

—¿Adónde vas?

—A abrirle.

—¿A quién?

—Al espíritu que está afuera.

—Estás enfermo. Además, los espíritus atraviesan los muros. No hace falta abrirle la puerta.

—Tienes razón —reconoció Maxime.

—A ver, pero ¿vosotros escucháis lo que estáis diciendo? —se sorprendió Marie—. La escenita que estáis montando da vergüenza ajena. ¿Queréis invitar al espíritu? De acuerdo, pues vamos a tope.

Marie empujó a Maxime y fue a abrir la puerta de entrada, después de hacer como si le cediera el paso a un ser invisible. Sus compañeros la miraban estupefactos.

—Está aquí —dijo—. Pero parece que no está solo.

Marie salió a mirar la escalinata de entrada.

—¡Deten este circo, Rima! —gritó Maxime.

—¿Eras tú el que movía el cursor? —lo interrogó Léa.

—Ya he dicho que no. Podéis continuar sin mí si no me creéis.

—No te enojes, gordo —se rio Mehdi—. Solo estamos jugando.

—Tiene razón —asintió Mathilde—. No os lo toméis tan en serio.

—¿Cómo explicas entonces lo que ha pasado? —preguntó Camille.

—Tiene razón —dijo Julien.

Nadie tenía una respuesta clara a esa pregunta.

—¿Y cómo te explicas que Rima no haya vuelto todavía? —agregó Léa.

Maxime se asomó a mirar la escalinata. Marie había desaparecido.

—¡Marie! —la llamó.

Una mano se posó sobre su hombro y lo hizo sobresaltarse. Era Camille.

—¿Dónde está? —se inquietó.

—Parece que ya no está aquí.

La llamó de nuevo en dirección al jardín. Una forma humana apareció de pronto entre la oscuridad y se lanzó contra ellos gritando. Maxime gritó a su vez, retrocedió sobre Camille y la hizo caer de espaldas mientras Marie se retorcía de risa delante de ellos.

—¡Menudo susto os he dado! —exclamó esta—. ¡Me muero de risa!

Camille se levantó insultando a Maxime, que la había hecho caer, y a Marie, que la había asustado. Los demás también se reían. Mathilde ya estaba llenando los dos vasos de los castigados.

—Atrapado en tu propia trampa, Max —constató Julien tendiéndole el vaso que le correspondía.

Maxime lo vació y aceptó el desafío.

—Os voy a demostrar que no son tonterías.

Les ordenó que volvieran a sentarse alrededor de la Ouija. Iba a convocar a los espíritus de una vez por todas.

—Propongo que Maxime no toque el ratón esta vez —intervino Camille.

—No es un *ratón*, es una gota… —precisó Marie.

—De acuerdo —aprobó Léa.

—Como queráis —acordó Maxime—. Al menos así no podréis acusarme de manipularlo.

Se instalaron de nuevo alrededor de la Ouija. Léa, Camille, Julien, Quentin y Mathilde posaron un dedo sobre el cursor.

—Espíritu, déjanos entrar en contacto contigo, ilumínanos con tu presencia, con calma y bondad, y guíanos por el camino de la eterna verdad... Espíritu, ¿estás con nosotros?... Si quieres comunicarte, te escuchamos con respeto... ¿Estás ahí, espíritu?

Esperaron sin que nada pasara. Mathilde contenía la risa delante de Léa, muy tensa. Marie tenía el bolígrafo en la mano, lista para escribir las letras que señalara el cursor.

—Tu espíritu se ha ido a la dormir —constató Mehdi.

—¡Shhh! —lanzó Camille.

—Tened paciencia —dijo Maxime—. He visto videos en Internet donde funciona.

—*Fakes* —dudó Mehdi.

—No todos. Incluso hay periodistas que te demuestran que esto funciona demasiado bien.

—He traído la película *Verónica*, de Paco Plaza —informó Marie—. Si queréis, podemos verla. Hay una Ouija en la historia, y de verdad mete bastante miedo.

—¿De qué va?

—Una chica y su familia son amenazadas por unos espíritus después de haber participado en una sesión de Ouija con sus amigas.

—Solo es una película.

—Sí, pero está basada en una historia real. Un policía de la brigada del crimen prestó a los productores todos los elementos necesarios para hacerla.

—Callad un poco —los interrumpió Maxime—. Esto no es un debate.

—Si queréis comunicaros, haced preguntas —aconscjó Camille.

—Espíritu —comenzó Mathilde—, ahora sabemos que estás ahí. ¿Puedes darnos tu nombre?

El cursor permaneció inmóvil durante un eterno minuto antes de efectuar una breve sacudida.

—¿Qué ha sido eso? —gritó Mathilde.

—¡No sé! —se defendió Quentin.

—Yo tampoco —dijo Julien.

—Ni yo —dijo Léa.

—Concentraos —ordenó Maxime, que levantaba las cejas por encima del tablero.

La gota se deslizó hacia el «NO».

—No quiere revelar su nombre —dedujo Mathilde.

—Hazle otra pregunta.

—Espíritu, ¿dónde estás?

El cursor se desplazó hacia la «A», luego hacia la «F».

—Está diciendo lo mismo —comentó Mathilde.

El cursor se desplazó hacia la «U»... la «E»... la «R»... la «A».

—«AFUERA» —confirmó Marie.

—¿Es un chiste? —exclamó Julien.

—Igual solo sabe decir eso —se burló Mehdi.

Léa se movía en su silla como si estuviera sentada sobre chinchetas.

—Espíritu, ¿dónde es afuera? —preguntó Mathilde.

El cursor se desplazó hacia la «P»...

—De verdad, quiero parar —declaró Léa.

—Espera —dijo Mathilde—. Deja que siga, ¡esto es una pasada!

El cursor se posicionó en la «U»...

—Tienes razón —añadió Maxime—, no podemos parar todo de golpe. Sería peligroso. Primero hay que agradecer a los espíritus que han intervenido.

... en la «E»...

—Invitarlos a retirarse en calma, despedirse.

… en la «R»…

—Y si no lo hacemos, ¿qué?

… en la «T»…

—Si no, los espíritus malignos se quedarán con nosotros y no podremos echarlos.

… y en la «A».

—«PUERTA» —declaró Marie. El espíritu está en la puerta.

—¿En la puerta de entrada? —sugirió Camille.

—Si está afuera, me imagino que no será en la puerta del baño —se burló Mathilde.

Todas las cabezas se giraron hacia el vestíbulo.

—¿Qué hacemos? —susurró Julien.

Mehdi se levantó. Estaba a punto de abrir cuando oyó golpear. Se paralizó. Léa gritó.

—Joder, ¿quién es? —dijo Quentin.

—El espíritu —respondió Maxime.

—¿Qué hacemos? —repitió Julien.

—Lo que se hace cuando alguien llama a la puerta. Preguntamos quién es.

—¿Quién es? —gritó Mehdi sin moverse.

Sin respuesta.

—Si es un espíritu, quizás habría que preguntarle a la Ouija —sugirió Camille.

Volvieron a prestar atención al tablero.

Espíritu, bienvenido —comenzó Maxime—. ¿Cómo te llamas?

Dejaron pasar unos segundos en silencio, luego unos minutos.

—Creo que se ha ido —dedujo Mathilde.

—¡Esperad! —exclamó de pronto Maxime.

El cursor osciló ligeramente.

—¿Lo habéis movido vosotros?
Todos lo negaron.
—Espíritu, ¿cómo te llamas? —insistió Maxime.
La gota se arrastró hasta la «N»... luego hasta la «O»...
—«NO» —anunció Marie—. Evidentemente, no quiere revelar su identidad.
—¡Todavía se mueve! —constató Camille.
La gota se detuvo en la «M»...
—¿«NOM»? —exclamó Marie—. Quizás quiere que repitamos. Me parece que es sordo.
A Camille le dio un ataque de risa.
—¡Jajajaja!
—No ha terminado —advirtió Maxime.
—Parece que está dudando —constató Julien.
Camille se reía hasta las lágrimas.
—¡Jajajajaja!
—¡Deja de reírte! —gritó Julien a Camille que casi no podía respirar.
El cursor se movió más lentamente. Se detuvo varias veces antes de inmovilizarse en la letra «M».
—¡NO MAN! —dijo Marie con acento inglés—. Es inglés... o norteamericano...
—Jajajajajajajajajajajajajajajajajajajajajajajajajajajaja...
Sin soltar la gota, Camille era sacudida por espasmos y soltaba estallidos de risa que ya no tenían nada de cómico. Parecía una muñeca mecánica, poseída por una hilaridad forzada. Los ojos giraban en su rostro paralizado. Léa la miraba, fascinada.
—¡Tengo miedo! —exclamó.
—¡Mierda, hay que parar todo esto! —ordenó Mehdi.
Con un gesto brusco, tiró el tablero al suelo. Maxime

trataba de tranquilizar a Camille que parecía realmente poseída. La sacudía, rogándole que se calmara. Mehdi apartó a Maxime y abofeteó a Camille, ya irreconocible.

—¡Joder, me ha dolido! —gritó Camille frotándose las mejillas rojas.

—¡Mierda, me has asustado! —gritó Mehdi soplándose la palma de la mano.

—¿Qué te ha pasado? —preguntó Marie.

—No sé… Primero comencé a reírme de los chistes malos… Después, ya no era yo…

—Lo hemos parado todo —la tranquilizó Mathilde—. Vamos a recoger el juego.

—Sí… —dijo Maxime, contrariado.

Levantó el tablero y verificó que no se hubiera roto nada antes de seguir:

—Me da miedo. Nunca hay que dejar la Ouija sin dar las gracias a los espíritus ni despedirse… Mierda, ¿dónde está la gota?

—¿Dar gracias por qué? —preguntó Mehdi—. ¿Y a quién?

—Hemos invitado a los espíritus y cuando se han presentado les hemos cerrado la puerta en la cara —respondió Maxime.

—¿Has visto cómo estaba Camille?

—Justamente, esa era la prueba de que algo estaba pasando. Pero te asustaste y preferiste pararlo todo.

—¡Vale, está bien!

—El espíritu nos dijo que se llamaba Noman —destacó Léa.

—Quizás se llama Norman —sugirió Julien. Y entre el pánico se olvidó la «R». ¿Conocéis a algún Norman, que haya muerto y cuyo espíritu haya venido a saludarnos?

—Solo conozco a Norman Bates —respondió Marie.
Miradas intrigadas.
—El asesino de *Psicosis* —precisó.
—También está Norman, el *youtuber* —agregó Quentin—. Pero no lo conozco personalmente, y además sigue vivo.
—¡Esperad! —los interpeló Marie—. Vosotros soléis llamarme Rima. Marie al revés, ¿verdad? Si ponemos Noman al revés, ¿qué nombre tenemos?
—Mano... —Respondió Mathilde.
—¿Mano Negra? —Propuso Maxime.
—Mierda, no... Manon —balbuceó Léa. ¡Es Manon!
—¿Qué? —se sobresaltó Maxime.
—Ella firmaba así sus dibujos, ¡*Noman*! —recordó Léa.
—¿Adónde quieres llegar?
—¿Y si fuera el espíritu de Manon el que ha venido a comunicarse?
—¡Qué puto delirio! —bufó Mehdi—. Aflojemos un poco.
—Léa tiene razón —declaró Maxime—. Manon se suicidó sin dar explicaciones. Quizás ha venido esta noche a decirnos algo más sobre su decisión. Si Medhi no lo hubiera mandado todo a la mierda, ahora sabríamos más.
—Hay una forma de saberlo —declaró Mehdi.
—¿Ah, sí? ¿Cuál?
—Bueno... ir a abrirle. Nos ha dicho que estaba delante de la puerta, ¿no? Además, todos escuchamos cómo golpeaba.
Miraron a Mehdi que se dirigía hacia el vestíbulo de entrada. Empuñó el picaporte, dudó un instante, abrió y se enfrentó a la noche oscura.
—¡Detrás de ti! —gritó de pronto Mathilde.
Mehdi dio un salto hacia el lado, se pegó contra la puer-

ta, cerró violentamente y se volvió hacia sus compañeros que estaban muertos de risa.

Excepto Léa.

Miraba fijamente el ventanal.

—Hay alguien afuera —susurró.

—Ya está bien, ya nos has hecho esa broma —dijo Mathilde.

—Es... Manon.

17.

Del otro lado del vidrio, una silueta opaca se confundía con el resto de los elementos. Sus largos cabellos negros y su túnica oscura flotaban al viento. Léa había reconocido al instante a Manon. O más bien a su espectro, que parecía no tener más consistencia que la de un espejismo.

Los ocho jóvenes estaban paralizados de terror. El fantasma de Manon retrocedió lentamente, extendiendo el brazo hacia ellos.

—Nos llama —comentó Maxime.

—Me lo hago encima —dijo Mathilde.

—Yo me voy de aquí —gimió Léa.

—Hemos hecho venir a Manon —afirmó Julien.

—Eso que acabas de decir no tiene sentido —dijo Marie mirando fijamente la aparición de Manon.

—Estoy de acuerdo —asintió Julien.

—Es imposible —murmuró Mehdi.

—Bueno, es lo que pretendías antes de la Ouija —le recordó Maxime.

—Quizás habría que ir hacia ella —sugirió Marie.

—Es imposible —repitió Mehdi.

—Ya no podemos comunicarnos con la Ouija porque Mehdi ha perdido la gota.

—Ya nos tienes hartos con tu gota. ¡Mierda! ¡Tiene que haber otra explicación para este caos!

El espectro de Manon se fundió con la noche.

—¡La hemos perdido! —se alarmó Julien.

—Ha sentido que no éramos receptivos —explicó Maxime.

—Estamos hasta el gorro de tus teorías —se irritó Mehdi.

—¿Crees que ha desaparecido? —preguntó Camille a Maxime.

—Creo que seguimos conectados porque no hemos terminado la sesión de Ouija.

—Entonces, ¿va a volver a aparecer?

—Yo me abro —decidió Léa.

Cogió su teléfono móvil.

—¿A quién llamas? —le preguntó Quentin.

—A mi madre.

—¿Crees que va a venir a buscarte en plena noche?

—Si le digo que me estoy muriendo de miedo, vendrá enseguida.

—¿Y no te interesa saber qué quiere Manon? —le lanzó Maxime.

—Pero ¡¿tú escuchas lo que dices?!

—La has visto, igual que yo, ¿o no?

—¿Y qué? ¿Quieres pasar la noche con un fantasma? Ya he tenido mi dosis de escalofríos por hoy.

Quentin se acercó a Léa, la abrazó para tratar de reconfortarla y convencerla de que se quedara. Ella lo rechazó y se dejó caer en un sillón, con el teléfono apagado en sus manos.

—Todavía no he digerido el suicidio de Manon. No era mi mejor amiga, nada que ver, y tampoco la frecuentaba fuera de clase, pero me gustaba su carácter marginal y solitario. A veces, me recordaba a esa chica de *Millenium*...

—Lisbeth Salander —precisó Marie.

—A todos nos afectó su suicidio —confirmó Julien.

—Ya, pero yo tengo que tomar calmantes para no pensar en esto todas las noches y poder dormir.

—Entiendo que ver de nuevo... En fin, a esa *cosa* que se parece a Manon... Te pueda trastornar —se compadeció Quentin.

Le tomó las manos.

—No te dejes llevar por el pánico, mi pollito pelirrojo.

—¿Por qué me llamas así? ¡Apártate!

De pronto, toda la casa se hundió en la oscuridad. Léa gritó.

—¡Ha saltado el disyuntor! —declaró Quentin.

—¿Por qué? —preguntó Léa.

—No sé. La tormenta, seguramente.

—¡Es Manon! —exclamó Maxime—. Ha entrado en la casa.

—Deja de asustarnos.

—Pero ya estamos asustados, ¿no?

—Por suerte tenemos velas —se tranquilizó Camille.

—Al menos habrán servido de algo —ironizó Mehdi.

Solo iluminaban la parte del comedor.

—Voy a ver el disyuntor —anunció Quentin—. ¿Alguien me acompaña?

—Deberías llevar a Camille —sugirió Mathilde—. Ella ya conoce bien el sótano.

—Muy graciosa, Mat. ¿Y tú qué vas a hacer? ¿Liarte un porro, para variar?

—Relájate, Cam.
—Si me relajo, mi puño puede acabar cayendo sobre tu nariz.
—Me encantan estas amenazas de Barbie. Súper creíbles.
—Igual que el tatuaje de un pulpo en una enorme concha.

Mathilde se levantó, lista para pasar a las manos.

—Gracias por todo este rollo *pressing catch*, chicas, pero no es el tema de la noche —intercedió Maxime, interponiéndose entre las dos.

—Ya voy solo —decidió Quentin.

—Está bien, voy contigo —cedió Camille mirando con desprecio el rictus de Mathilde.

—Y yo voy a buscar la gota de la Ouija —dijo Maxime—. Para que podamos terminar con esto.

Se golpeó contra la mesa baja, maldijo entredientes, encendió la linterna de su teléfono y recorrió el suelo con el rayo de luz en busca del vasito.

Camille y Quentin comprobaron que la puerta del sótano todavía estaba abierta.

—Esto no es normal —juzgó Quentin—. La he cerrado antes. Tú lo viste.

—Es lo que os decía. ¡Espero que ahora me creas,!

Quentin empezó a bajar, se detuvo en los primeros escalones, retrocedió y cerró la puerta con un golpe.

—¿Qué pasa? —preguntó Camille.

—Hay alguien abajo.

18.

Quentin miraba fijamente la puerta.
—¿Qué has visto? —preguntó Camille para estar segura de haberlo escuchado bien.
—Había alguien... en la escalera.
—¿Qué aspecto tenía?
—No me ha dado tiempo a mirar bien.
—¿Has cerrado con llave?
—No hay llave.
Alertados por la reacción de Quentin, los demás se reagruparon detrás de Camille, que les explicó que habían localizado al intruso en el sótano.
—No tendríamos que haber hecho esto —repitió Léa.
—Demasiado tarde —dijo Mathilde.
—Voy a llamar a mis padres —decidió Marie—. Yo también me borro.
—¡Shhh! —chistó Maxime.
Un chirrido lento les indicó que alguien estaba abriendo la puerta del sótano. Todos retrocedieron hasta el sofá del salón, su última protección.

Léa se dio cuenta de que Julien temblaba descontroladamente a su lado.

Camille había escondido la cabeza como un avestruz en el hueco del hombro tranquilizador de Maxime. No quería ver nada.

Quentin se mordía las uñas.

Una silueta negra apareció detrás de la puerta del sótano y se deslizó furtivamente en dirección a la cocina, donde se quedó inmóvil como una estatua. A pesar de la penumbra que reinaba en esa parte de la casa, todos reconocieron a Manon.

—¿Cómo ha llegado al sótano? —susurró Mehdi.

—Joder, es un puto fantasma —respondió Mathilde.

—¡Shhh!

Habían hecho demasiado ruido y habían llamado la atención del espectro, que giró bruscamente en su dirección. Se acurrucaron todavía más, detrás del respaldo. La inquietante silueta se lanzó hacia ellos, produciendo un gruñido extraño. Saltó sobre el sofá. De pie casi encima de los jóvenes amigos, los miró fijamente.

Estaban tan aterrorizados que no se dieron cuenta de que el gruñido se había convertido en risa.

Cuando Maxime también se empezó a reir, los demás comenzaron a dudar. Mehdi iluminó la cara divertida de Manon con la luz de su teléfono. Nunca habían visto esa expresión en su cara. ¡La depresiva-suicida sonreía y se reía!

Maxime fue al sótano y restableció la electricidad. De regreso al salón, agarró una botella de vodka y la agitó en dirección a sus compañeros.

—¡Vais a vaciar esta botella ahora mismo, amigos! Acabamos de romper todos los récords del *miedómetro* con esto.

Manon se bajó del sofá y volvió al sótano. Todos se miraron atónitos. Después del miedo, ahora la confusión los angustiaba. Mehdi fue el primero en recuperar el habla.

—¿Alguien me puede explicar esto? —pidió.

—Primero, bebed —ordenó Maxime—. Porque habéis tenido mucho miedo. Y porque os va costar creer lo que os voy a contar.

19.

Los siete adolescentes vaciaron la botella. Sus ojos brillaban de embriaguez. Estaban pendientes de las palabras de Maxime, que se preparaba para revelarles la trastienda de aquella increíble farsa.

Manon volvió del sótano vestida con su ropa negra habitual. Había cambiado la túnica de fantasma por un *look* gótico-punk-rock-*badass*-andrógino. El cabello azabache y desestructurado, con toneladas de gel, una sudadera con capucha, chaqueta con tachuelas, váqueros ajustados y metidos dentro de las botas. Nada de maquillaje, tatuajes, adornos, ni piercings. «Le dejo todo eso a los epígonos descerebrados», decía a menudo, para distinguirse y además usar palabras cultas. No obstante, los ojos carbón y el cabello azabache hacían destacar el rostro de porcelana de Manon, que no necesitaba ningún artificio para brillar.

Caminó lentamente hasta ellos con movimientos pesados, con ese aire tan suyo, a la vez indolente y determinado.

—Hola —dijo antes de servirse una Coca Cola.

Manon nunca hacía nada como los demás. Bastaba que estuviera en una fiesta con alcohol para que eligiera servirse una gaseosa, y al revés.

—¿Hola? —exclamó Léa repitiendo—. ¿Eso es todo lo que vas a decir?

Manon se acomodó en un sillón, con el vaso en la mano y media sonrisa en la cara. Se bajó la cremallera de la sudadera para dejar ver la declaración impresa en su camiseta: *Vete a la mierda*. Léa entendió el mensaje.

—¿Lo explicas tú o lo hago yo? —preguntó Maxime a Manon.

—Adelante. Yo corrijo los errores.

Maxime carraspeó y comenzó por el principio, por la muerte de Manon. Ella lo interrumpía regularmente para condimentar el relato con algunos detalles más personales.

Un mes antes, Manon había simulado su suicidio. Ese acto correspondía exactamente con el tema del proyecto de fin de año sobre la diferencia. Depresiva, solitaria, marginal, anticonformista, nihilista, concentraba todos los criterios de la divergencia. En el patio de recreo, Manon siempre se mantenía apartada y sin hablar con nadie, lo peor que le puede pasar a una alumna. ¿Cómo transformar esa diferencia en riqueza?

Según Nietzsche, hay que albergar el caos dentro de sí para dar luz a una «estrella danzante». Y Manon iba a desencadenar el caos suicidándose. Ese sería su trabajo de fin de año. Una estrellita danzante liberada de una humanidad de ovejas, que viven en un mundo basado en la religión o la diversión.

Desnuda frente a la cámara, Manon se había tragado una caja entera de somníferos, reemplazados previamente por pastillas de azúcar, y había filmado la simulación de su lento adormecimiento hacia el sueño eterno.

—¿Alguien vio esa grabación? —preguntó Marie.

—No, la tengo reservada para el oral de fin de año.

—El profe no va a desilusionarse —ironizó Marie.

—¿Y nosotros, podremos verla? —se arriesgó Mehdi, con los ojos brillantes ante la idea de ver a Manon desnuda en la pantalla.

—No antes del *profe*, en cualquier caso.

—¿Y el arte dónde está en todo esto? —la interrogó Julien.

—¿Cuál es tu definición de arte?

—Una obra de arte debe conmover en el ámbito donde se ejerce la creación artística.

—Justamente, me asombraría si el jurado es indiferente ante mi *performance*.

—¿Y cuál es la belleza de ese gesto?

—Lee y vuelve a leer a Mishima. ¿Te duermes en las clases o qué?

—A veces, pero según recuerdo Mishima no está en el programa.

—Yo no tengo vida social, por lo que mis lecturas superan el marco del programa. Me entran más cosas aquí, por fuerza.

Se señaló el cráneo para subrayar sus palabras.

—¡Pero qué creída! —comentó Mathilde liándose un cigarro.

Manon ignoró la burla y respondió a la pregunta de Julien sobre la belleza artística.

—«Mi concepción dramática, e incluso estética, fundamental es la del equilibrio controlado y construido con el fin exclusivo de su propia destrucción», eso es lo que decía

Mishima. Asociaba la muerte, la belleza y el horror en su obra. Pero bueno, el oral no es hoy, así que dejadme en paz.

—¿Cómo lo hiciste para embaucar a todo el mundo? —preguntó Marie, más prosaica.

—Bueno, es fácil cuando a nadie le importas una mierda.

Manon había llamado al liceo haciéndose pasar por su madre, devastada. No era muy arriesgado, ya que sus padres divorciados ya no se ocupaban de ella. Cada uno había rehecho su vida por su lado, en torno a familias reconstruidas de las que Manon se sintió excluida. Vivía en un sola en un estudio que su padrastro le había dejado.

—Qué guay, tu padrastro —comentó Camille.

—Sí, ya. Era el escondite donde se tiraba a mi madre en la época en la que ella todavía estaba con mi padre. Cuando al fin se vino a vivir con ella a casa, me llevó una vez ahí para tratar de acostarse conmigo.

—¡¿Qué?! —exclamó Camille.

—Pues sí, no todos los padres son como los tuyos, Miss Dior.

—¿Y cómo reaccionaste?

—Puse el teléfono sobre la cómoda, en modo video. Al principio, me resistí a medias cuando empezó a manosearme, para que se viera bien en la grabación a ese viejo perverso en plena acción. Después, le di un rodillazo en las pelotas. Mientras se retorcía de dolor en la alfombra, le impuse todas mis condiciones. La grabación sería confidencial si me prestaba el estudio durante el año escolar. Es práctico, está cerca del liceo. Y dijo que sí.

—¡Qué locura! —exclamó Julien.

—El chantaje te lleva a hacer cosas que no quieres... Ese es el principio. Lo sé bien porque Maxime me lo hizo a mí.

Maxime contó entonces cómo descubrió el falso suicidio de Manon. La encontró por casualidad un día que había faltado a clase, al salir de una tienda. La reconoció a pesar de las gafas de sol, la gorra, la falda y una blusa que no formaban parte del guardarropa habitual de Manon. La siguió hasta su edificio para asegurarse de que era realmente ella, y la interpeló en el vestíbulo junto al buzón de correos. Ella lo hizo subir a su estudio para explicarselo todo. El falso suicidio debía permanecer en secreto hasta la presentación en junio. Manon había adelantado la *performance* para darse tres meses sabáticos sin clase. El encanto venenoso de Manon había bastado para convencer a Maxime de que guardase su secreto sin exigir nada a cambio, salvo un beso que ella le dio como agradecimiento.

Pero, cuando se acercaba la noche de terror, Maxime, cuya creatividad en materia de bromas malas no tenía límites, volvió a verla con una idea genial para espantar a sus compañeros. Iba a organizar una sesión de Ouija y hacer aparecer el fantasma de Manon. Primero ella se negó porque no quería que su secreto se develara antes de junio. Maxime arguyó que nada saldría del grupo. Ante la negativa de Manon, usó el chantaje. O colaboraba y su farsa solo sería conocida por ocho personas, o se negaba y entonces todo el liceo estaría al corriente, con consecuencias desastrosas para ella. Antes, Maxime le había ofrecido integrar el grupo de Los Ocho. Pero aquel no era un argumento para Manon. Ella adhería a la teoría de Pierre Desproges, según la cual más de cuatro es una banda de idiotas y, por lo tanto, menos de dos es lo ideal.

Al final, amenazar a Manon con ventilar el asunto a todos había sido suficiente para obligarla a participar de la farsa terrorífica. De ese modo, Maxime había contado con la total complicidad de Manon a lo largo de toda la noche de terror. Su abuelo, que no conocía a sus compañeros de clase y por lo tanto no preguntó nada sobre la joven taciturna que los acompañaba, fue quien los llevó en coche hasta la casa de Quentin.

Llegaron antes que los demás. Manon se deslizó en el sótano sin que lo advirtiera el anfitrión. Se quedó escondida allí esperando la señal de Maxime. Camille casi la descubre, pero en lugar de eso se llevó un susto enorme.

Apenas había recibido el primer SMS de Maxime, Manon salió por detrás para rodear la mansión y golpear la puerta de entrada.

Con el segundo SMS, apareció del otro lado del ventanal. Un espectáculo que ella había juzgado ridículo al comienzo, pero que después le gustó mucho al comprobar el efecto de espanto en su público.

El resto fue más fácil. Volvió al sótano a la tercera señal de Maxime para cortar la electricidad y cumplir con la última *performance* de la noche. Por primera vez en su vida, estuvo a punto de soltar una carcajada ante la vista de los estudiantes aterrados.

—¡Sois un par de hijos de puta! —exclamó Léa.

Ella no se había bebido el vaso de alcohol que le tocaba para manifestar su desacuerdo.

—Gracias —dijo Manon.

—No es para tanto —se defendió Maxime—. Todos hemos mentido para asustar. Nadie protestó cuando hiciste de fantasma detrás de las ventanas. Incluso, en ese momento, temí que nos ganaras de mano.

—¡No es por eso, joder! —Léa se molestó aún más, mirando fijamente a Manon—. ¡Hacernos creer que estabas muerta es algo que supera todos los límites, en serio!

—¿Pero a ti qué te importa? —replicó Manon—. ¿Me dirigías la palabra en el instituto? ¿Te preocupaba mi depresión? ¿Buscaste información sobre mi funeral? ¿Viniste a mi entierro? Responde «sí» a una sola de mis preguntas y entonces tomaré en consideración tu estúpida imitación de burguesa ofendida.

—¿Hubo un funeral? —se sorprendió Julien.

—Por supuesto que no. Mis padres no saben nada. Y en el liceo no se dieron cuenta porque a nadie le interesó ir.

—De acuerdo, yo no te hablaba —reconoció Léa—. Pero te estimaba y te respetaba.

—Genial.

—Me afectó tu muerte, de verdad. Incluso, he tenido que medicarme.

—Lamento haber perturbado tu tranquilidad.

—Pobre idiota.

—Relajaos, chicas —intervino Maxime—. Valoremos nuestra creatividad. Para una noche de terror, hemos ido a tope, ¿no?

—Yo me largo —anunció Léa.

—¿Caminando? —se sorprendió Manon.

—Llamo a mi madre.

—¿Mamá? —gimió Manon imitando una voz infantil para molestar a Léa—. Me ha dado mucho miedo, mis amigos son malos conmigo. ¡Ven a buscarme!

—¡No me hinches, Manon! —replicó Léa enrojecida.

—¡A ver si así al menos te crecen las tetas!

Léa se levantó dispuesta a pasar a las manos. Quentin la retuvo y tomó la palabra para dirigirse a Manon.

—Escucha. Personalmente, yo no te he invitado hoy, así que no estoy obligado a soportar tus insultos.

—¿Te perdiste el comienzo de la historia? No estoy aquí por mi voluntad propia. Me cago en tu invitación. He cumplido mi parte del trato con Maxime, ahora me voy. Voy a llamar un taxi. Maxime, te pasaré la cuenta.

—¡Estás loca, te va a costar un ojo de la cara!

—Yo también me voy —dijo Léa.

—¿Compartimos el viaje, entonces? —propuso Manon.

—¿Con una muerta viviente? Seguro que no.

—¿Podéis hablar en serio por un segundo? —les llamó la atención Marie, que examinaba su Nikon.

—Yo hablo muy en serio —le replicó Léa.

—Yo, nunca —respondió Manon—. Al menos en este mundo, en todo caso. Y todavía menos en esta noche de mierda.

—En realidad, quiero preguntarte algo en serio.

—Te escucho.

—¿Has subido al primer piso desde que llegaste a la casa?

—No, ya lo dije. Me quedé pudriéndome en el sótano como un roquefort.

—Si tú te has quedado todo el tiempo ahí abajo, ¿alguien puede decirme quién está al lado de la biblioteca en esta foto?

Marie giró la pantalla de la Nikon para mostrar la foto del grupo. En el fondo, se distinguía una silueta que los espiaba.

20.

El comentario Marie había instalado un silencio helado en la habitación, que pronto fue roto por la incredulidad de Mehdi.

—Bueno, ya basta. Nos has gastado antes esa broma, Rima.

—Salvo que con esto no bromeo. Si os parezco una pesada, decídmelo.

—Te digo que no —respondió Maxime—. Aquí, yo soy el único que puede pretender al título de súper pesado.

Uno por uno, examinaron la extraña silueta que aparecía cerca de la biblioteca.

—Seguro que no es el murciélago que Quentin encontró en el desván —bromeó Maxime.

—¿Quieres decir que Batman está en el altillo? —ironizó Manon.

—Muy divertido —subrayó Léa.

—Gracias.

—¡Vosotras dos, dejad de tocarnos las pelotas durante cinco minutos! —se molestó Julien—. No es el momento. Hay una presencia más en la casa, porque salimos todos en la foto... A menos que Maxime haya programado otra visita sorpresa.

Este negó con la cabeza.

—Seguro que es Clément —dijo Marie.

—¿Clément, el tipo grandote que está en nuestro curso? —se sorprendió Manon.

—Lo habíamos invitado.

—Creía que eráis un círculo cerrado.

—Nos dio pena —dijo Léa.

—¿Lo invitastéis por lástima? ¿Pero quién os creéis que sois vosotros?

—Personas que no quieren ser insultadas ni juzgadas —respondió Mathilde haciendo rechinar su encendedor al encender otro porro.

Aspiró con ganas el cigarro de marihuana y tabaco, expulsó el humo perfumado en dirección al techo y prosiguió:

—Maxime nos ha impuesto tu presencia esta noche, y hace veinte minutos que solo estamos hablando de ti. Ya empiezo a hartarme. Clément, al menos, ha tenido la decencia de no venir y dejarnos en paz.

—No te preocupes, en nada yo también voy a tener la decencia de retirarme.

—¿Por qué piensas que Clément está aquí? —preguntó Quentin a Marie.

—Es el único que estaba al corriente de esta reunión. Lo invitamos y no vino. Pero no pienso como Mathilde que sea por decencia. Yo creo que quiere estar a la altura. Estoy segura de que está preparando algo para matarnos del susto.

—Pues yo no quiero saber lo que es —dijo Léa encendiendo su *smartphone*.

—¡Hay una luz afuera! —exclamó Marie.

—¿Qué?
Señaló un rayo de luz que llegaba hasta una de las ventanas del comedor.
—¿Quién es? —preguntó Mehdi.
—Será Clément, con cuatro horas de retraso —respondió Quentin.
—Ya claro, y ha venido caminando con una antorcha —dijo Maxime.
Quentin se levantó y fue a abrir la puerta de entrada. La luz había desaparecido.
—No hay nadie —anunció a sus compañeros que estaban detrás de él.
—Probablemente era uno de los visitantes de otro planeta —sugirió con ironía Maxime.
—No bromees con eso.
—¿Tienes miedo?
—No.
—¡Cuatro tragos! ¡Cuatro tragos! —le cantaron a coro desde atrás.
—Os digo que no tengo miedo. Pero esa no es razón para para tomarse tod esto a la ligera. Todos habéis visto la luz, ¿no?
—Basta ya con este juego idiota —decidió Léa—. Ya estamos hartos de pasar miedo.
—Creo que también deberíamos parar de beber —sugirió Marie—. Nos altera el juicio.
—Habló la señorita seria —declaró Maxime.
Quentin se dio vuelta y elevó la mirada hacia la cámara de vigilancia colocada por sobre la escalinata. Se le iluminó el rostro.
—Es simple —dijo—. Para saber lo que era, basta con que miremos la grabación de video.

21.

—Ahora os alcanzo —dijo Léa a sus compañeros, que se precipitaban escaleras arriba.

Enfiló hacia la cocina. Manon la imitó y la sorprendió abriendo nerviosamente una caja de comprimidos.

—¿Qué haces? —preguntó.

Léa se sobresaltó y soltó la caja.

—¡Mierda, me has asustado! Manon la ayudó a recoger las pastillas diseminadas por las baldosas de la cocina.

—¿Tomas calmantes?

—Sí, desde tu muerte. ¿No has escuchado nada de lo que acabo de decir?

—Lo siento... No pensé que mi suicidio te afectaría tanto.

—A ti no te gusta la gente. ¿Cómo podrías tener empatía?

Manon le extendió la mano, que contenía una decena de pastillas.

—Cuidado, no te las tragues todas juntas.

—Tú eres la suicida, no yo.

Manon dobló la mano en forma de embudo, para dejar caer el contenido en la caja.

—Gracias —dijo Léa.

Abrió el grifo para llenar el vaso de agua y bebió después de tragarse un comprimido. Manon la miraba sin decir nada.

—¿Y ahora qué? —preguntó Léa.

—No tienes buena cara.

—¿Por qué crees que tomo calmantes?

—Lo lamento, en serio.

—Bueno, no es solo por culpa tuya, tranquila. No eres el único objeto de mis pensamientos.

—El único objeto de mi resentimiento.

—¿Qué?

—No, nada, es un verso de Corneille que se me ha escapado. «¡Roma, el único objeto de mi resentimiento!», está en *Horacio*.

—¡Cuánta cultura! —ironizó Léa.

—¿Qué es lo que te perturba?

—No me gusta cómo suceden las cosas.

—¿Qué? ¿Esta noche?

—Me da la impresión de que esto se nos ha ido de las manos.

—¿Qué te hace pensar eso?

—Muchas cosas... El comportamiento de Camille durante la Ouija, la luz de fuera, ese ruido de motor sobre nuestras cabezas, la silueta en la foto de Marie... También está esa piedra en el salón...

—Lo de la puerta del sótano, te aseguro que fui yo: me olvidé de cerrarla cuando hacía mi numerito estúpido.

—También esos pasos que escuchamos adentro... rítmicos...

—De noche, las cosas se perciben de otro modo. Los sonidos no son los mismos. Además, habéis creado un ambiente de mierda con vuestros juegos idiotas.

—Todo esto está yendo demasiado lejos —reconoció Léa—. Jugamos con fuego.

—Os habéis condicionado para tener miedo. Sal de ese lugar. No te aferres a lo que crees que es real, y menos aún a lo que piensa todo el mundo. Pronto te darás cuenta de que lo contrario también es verdad y de que, en un mundo paralelo, también hay fantasmas que tienen miedo de ti.

—No entiendo nada de tu jerga.

—Solo trato de convencerte de que no tienes nada que temer.

—¿De pronto te interesas por mí?

—No de pronto. Desde que empezó el año.

—¿Qué estás diciendo?

Manon se acercó a Léa, que estaba arrinconada contra el lavaplatos. Se quedó frente a ella y le recitó una declaración con una voz voluntariamente monocorde, imitando a una mala actriz de doblaje para velar sus sentimientos, que solo podía expresar a través de palabras:

—¿Cómo no enamorarse de ese cabello rojo que ilumina la masa gris e indolente de estudiantes que se diseminan como racimos en el patio del liceo? ¿Cómo permanecer de piedra ante ese rostro de alabastro que parece esculpido por un discípulo de Miguel Ángel para superar al propio autor de *La pietà*? ¿Cómo borrar de mi pensamiento esa silueta ardiente que sueño con desvestir durante todas mis noches en vela? ¿Cómo permanecer indiferente ante tu sensibilidad y tus grandes ojos verdes, a los que yo nunca osaría hacer llorar?

—¡Eh! ¿pero qué dices?

—¿No es evidente?
—¿Eh? ¿Tú? ¿Yo?
—¿Eres corta de palabras, o qué te pasa?
—¿Eres lesbiana?
—Si fuese lesbiana, tendrían que gustarme solo las chicas. Pero las detesto igual que a los chicos.
—¿Y entonces?
—Te hablo a ti y a nadie más.
—Joder, qué momento para anunciarme algo así.
—Acabas de decirme que mi suicidio te afectó. La única persona por la que siento algo fue la única que se conmovió con mi muerte. Es una señal, ¿o no? ¿Crees realmente que fue el chantaje de Maxime lo que me forzó a venir esta noche? La sola perspectiva de pasar una noche en tu compañía y poder hablarte fuera del liceo bastó para convencerme.
—Sí, ya me lo esperaba.
—No existe el azar, realmente.
—¿Y quién lo dice?
—Los que manejan los hilos.

La boca de Manon se había aproximado a la de Léa. Sus labrios se tocaron. Léa tuvo un primer reflejo de rechazo y empujó a Manon contra la mesa de la cocina. Se limpió con el revés de la manga, dejando ver en su rostro una mueca de asco.

—Esto no está bien, ¿no te parece?
—No voy a decirte otra vez que lo siento aunque si tuviera que repetirlo, lo haría. Vete, no te molesto más. Ve a encontrarte con tu novio.

Léa se apartó de Manon y caminó en dirección a la puerta. Se volvió para mirarla mirarla otra vez al llegar al umbral de la puerta. Manon estaba marcando un número.

—¿Qué haces?

—Llamo a un taxi.
—¿Ahora?
—Si no quieres verme, ya no tengo nada que hacer aquí.
Léa vaciló, echó una mirada al salón desierto y volvió hacia Manon.
—Escucha, yo nunca había besado a una chica...
—No pasa nada, no te justifiques. Todos habrían reaccionado como tú.
—Justamente, no soy como todos... y tú, menos.
Léa se acercó un poco más, tomó a Manon de la cintura y la besó en la boca. Se fundieron en un largo beso que hizo latir sus corazones, pegados uno al otro. Léa deslizó la mano por debajo de la camiseta de Manon, que a su vez hundió la mano bajo los vaqueros de Léa.
—¡Joder! ¿Qué mierda estáis haciendo?
Quentin estaba clavado en la entrada de la cocina con una expresión aún más estupefacta que cuando Léa había aparecido como un espectro detrás del ventanal. Las dos chicas se separaron, avergonzadas.
—Es culpa mía —dijo Manon—. Me tiré encima de tu novia y la arrinconé contra el lavaplatos.
—Tampoco parecía defenderse mucho...
—La amenacé con quedarme esta noche si no me besaba. Por eso lo hizo.
Alterada, Léa no lograba pronunciar una palabra.
—Debo de estar soñando. ¿Es todo lo que se os ocurre hacer mientras alguien merodea alrededor de la casa?
—¿Has visto algo en los videos? —balbuceó Léa, esperando cambiar de tema.
—¿Por qué? ¿Ahora te interesa?
—Bueno, basta, no vas a empezar a molestarme con esto.

—Te toqueteas con una... una... muerta, ¡y soy yo el que te molesta!

—Bueno, os dejo —dijo Manon.

—¡Eso, fuera de aquí! Y espero que te encuentres al intruso.

—¿Qué aspecto tiene en los videos?

—Solo se ve la luz, no quién lleva la lámpara.

—Lo del intruso es mentira.

—¿Qué sabes, tú?

—Desde que empezó la reunión, no paráis de hacer trucos para daros miedo entre vosotros. Veis una luz os imagináis lo peor. Deberíais cortar con el alcohol y las idioteces, chicos.

—¿Ah, sí? ¿Y quién sería el autor de este chiste según tu opinión?

—Antes Marie hablaba de Clément...

—¿Tú crees que ese perdedor introvertido nos estaría asustando sin atrever a mostrarse?

—«Perdedor introvertido», ese es justo el perfil de un chico capaz de actuar en las sombras.

—¡Lo que tú digas!

—Bueno, esta vez me voy en serio. Llamo un taxi.

—Sí, y mientras más rápido, mejor.

—¿Hay cobertura aquí?

—Pues claro. Ahora no busques excusas para quedarte.

—Bueno, pues pásame tu teléfono, porque el mío no capta nada.

Quentin miró su *smartphone*. Ni una barra de cobertura.

—No lo entiendo —dijo saliendo bruscamente de la cocina.

Léa dirigió un «gracias» acompañado de una sonrisa a Manon y siguió a su novio.

Manon intentó llamar varias veces, pero no había conexión posible. Volvió al salón y subió al primer miso. El escritorio estaba vacío. Todos habían desaparecido.

22.

—¿Dónde estáis? —gritó.
Ninguna respuesta.
Volvió a bajar y encontró a todos aglutinados en el vestíbulo en torno a Quentin, que abría la tapa de una carcasa blanca.
—Podríais responder cuando se os llama.
—Pensabamos que te habíais ido —respondió secamente Quentin, que tenía un destornillador en la mano.
—¿Qué hacéis? —preguntó sin dirigirse a nadie en particular.
—Buscar al intruso —bromeó Maxime.
—Manualidades —agregó Julien.
—¿Cómo podéis seguir diciendo idioteces con lo que nos está pasando? – se ofuscó Marie.
La tercera respuesta fue la correcta:
—Estamos verificando el funcionamiento de la conexión móvil —explicó Mehdi—. Es lo que permite tener cobertura.
—¡Joder, está quemado! —exclamó Quentin.
—¿Como que «quemado»?

—Sí, todos los cables están fundidos. Como si hubiera habido una sobrecarga.
—O un sabotaje —dijo Julien.
—¿Quién haría eso?
—Esto se está yendo a la mierda —resumió Mehdi.
—¿Quieres decir que ya no podemos llamar por teléfono? —enloqueció Léa.
—Eso me temo.
—¿Y yo, cómo vuelvo a casa? —se quejó Manon.
—Me importa una mierda —replicó Mehdi.
—El miedo aumenta tus capacidades lingüísticas.
—¿Qué te pasa, has venido para jodernos la vida?
—No más que tú, que estás aquí para imitar al árabe de turno.
—No lo puedo creer... ¿Además, eres racista?
—¿Además de qué?
—De lesbiana.
—Ya veo que las noticias circulan rápido.
—¿Puedes dejarla en paz? —espetó Léa a Mehdi.
—¿Qué, también eres su abogada?
—¿Por qué empiezas todas las frases por «qué»? —se burló Manon.
—Cortad el rollo, ¿vale? —se irritó Camille—. Parece que no os dais cuenta de que estamos completamente aislados.
—¿No hay una línea de teléfono fija? —preguntó Manon.
—Tampoco funciona.
—¿Significa que estoy atrapada aquí con vosotros?
—Puedes volver a Vence a pie.
—¿Quién es el vecino más cercano?
—Hay un centro ecuestre a unos kilómetros al sur, pero está cerrado de noche.

—Estamos confinados como en uno de esos juegos de la tele —comprobó Julien.

—Tienes razón —agregó Manon—, parecemos esos imbéciles encerrados en una mansión, filmados permanentemente...

—Gracias por lo de «imbéciles» —destacó Camille.

—¿No habéis notado nada sospechoso en los videos hace un rato?

—¡Mierda, qué imbéciles! —exclamó Quentin.

—Lo confirmo —dijo Manon.

—¡Las cámaras de seguridad! Hemos buscado de dónde venía la luz de afuera, pero no pensamos en ir más atrás para ver quién estaba cerca de la biblioteca. El intruso debería aparecer en la grabación, ¿no?

—Subamos a verificar —dijo Mehdi.

—Os apuesto a que es ese hijo de puta de Clément, que nos está preparando una buena jugada —dijo Marie.

23.

Subieron en fila india al escritorio y se amontonaron detrás de Quentin, frente al monitor subdividido en doce pantallas. Este tecleó con destreza en el teclado.

—Veo que lo manejas bien —observó Manon.
—¿Qué?
—El sistema de videocámaras de seguridad.
—Es igual de fácil que manejar un *videocassette*.
—¿Qué es un *videocassette*? —bromeó Maxime.
—Eres el cómico de la banda, no cabe duda—comprobó Manon.
—En general ese suele ser Quentin, pero gracias por apreciar mi humor.

Las imágenes desfilaban en retroceso y aceleradas en la pantalla compartimentada.

—¿A qué hora hiciste la foto? —preguntó Quentin a Marie.
—Hace dos horas, más o menos.

Quentin seleccionó la lectura de los videos a partir de las 21 horas, privilegiando la vista de la biblioteca.

—¿Tienes sonido? —preguntó Manon.

—No, solo imagen. Pero bastará para reconocer a ese hijo de puta de Clément.

—Si es él…

La pantalla mostraba una imagen estática de la cual todos esperaban ver surgir la silueta de Clément entre los estantes de libros.

—¿Sabéis lo que decía John Waters sobre los libros? —los interpeló Manon para romper el silencio.

—¿Quién es John Waters? —se interesó Camille.

—El que inventó los baños junto al señor Closet —bromeó Maxime.

—Si sigues siendo tan gracioso, no me voy a poder aguantar la risa —ironizó Manon.

—¡Genial, tengo una fan!

—Waters es un director de culto —retomó Manon—. *Pink Flamingos*, *Hairspray*, *Cry-Baby*. ¿No os suena?

—He visto *Cry-Baby* —respondió Marie.

—También hizo *Polyester*, la primera película en odorama. Uno la veía raspando tarjetas. En resumen, Waters decía que si conoces a una persona que no tiene libros, no te acuestes con ella.

—¿Te has comido un diccionario de citas? —le lanzó Maxime.

—Es mejor que comer patatas fritas.

—No me gustan las citas.

—No me gustan las patatas fritas.

—Las citas son como el *bluff* en el póker. Sirven para disimular que no tienes nada.

—Solo para que lo sepas, te comento que tengo una gran biblioteca en mi casa… —dijo Mehdi a Manon.

—Lo siento, mi corazón ya tiene dueño —replicó ella mirando de reojo a Léa.

—¿Y quién habla del corazón?

Quentin apuntó con el dedo a una de las pantallas, en la parte inferior del monitor:

—Ahí aparece Camille que sale del baño sin que nos demos cuenta. Fue cuando bailábamos.

—¿No tienes cámara en el baño? —preguntó Maxime.

—Pervertido.

En la grabación de otra de las cámaras, se distinguía a Camille metiéndose en el sótano. Quentin fijó la imagen de una tercera pantalla para mostrar la piedra que estaba debajo de la escalera.

—¡No estaba antes! —exclamó—. ¿Seguro que no la pusiste tú ahí?

—Como si se me ocurriera hacer eso justo antes de mi gran número.

—Entonces, son los visitantes —sugirió.

—¿Los visitantes? —inquirió Manon—.

—Al parecer, esta zona recibe regularmente visitas de entidades sobrenaturales que se manifiestan de diferentes formas —le explicó Léa.

—¿De qué tipo?

—Halos luminosos.

—Bueno, ahí tenéis al intruso.

—Es una posibilidad —acordó Léa.

—¿Cómo se desplazan? ¿En platillos volantes?

—Se ha hablado de cosas luminosas triangulares en el cielo.

—Aparecen en informes policiales y artículos de prensa —argumentó Quentin—. Si te interesa, hay dos libros en el salón que tratan sobre el tema.

—En serio, chicos, creo que os pasáis de entusiastas con vuestras noches temáticas —comprobó Manon.

—Ahí va otra vez Camille —comentó Quentin, concentrado en las pantallas.

Camille entró sucesivamente en el campo de las cámaras enfocadas en la biblioteca y en el dormitorio en el que se había encerrado para golpear la puerta como eloquecida.

—Estamos asistiendo claramente al *making of*—destacó Maxime.

—Podemos saltárnoslo —dijo Camille.

—No, al contrario, es excelente.

La vieron darse la vuelta cuatro patas con la agilidad de una gimnasta.

—¡Guaaau! Debes ser increíble en la cama —estimó Manon.

—No te engañes, eso asusta a los chicos.

En la pantalla, Camille bajaba los escalones como una araña gigante bajo la luz tenue e intermitente de los teléfonos de sus compañeros. Una proeza de unos segundos que los petrificó tanto como la primera vez.

—¡Me había perdido esto! —exclamó Manon—. Ahora, no lamento haberme quedado.

—¿Hiciste la foto después del número de Cam? —preguntó Quentin a Marie.

—Sí, justo antes de la sesión de Ouija.

Su atención se centró en la grabación de la cámara que enfocaba un panel de la biblioteca, la parte superior de la escalera y un sector del pasillo.

Los minutos se desgranaban pesadamente.

—Es ahora —anunció Marie.

Nada sucedía.

Quentin agrandó la imagen para asegurarse de no perder nada.

—¿Estás segura de que era ahí?

—Te digo que sí.

Un rostro enorme surgió en primer plano. Quentin se sobresaltó. Los demás aullaron a sus espaldas. El monstruo miró el objetivo un segundo y se eclipsó tan rápido como había aparecido.

—¡Mierda! ¿Qué ha sido eso? —preguntó Julien.

—¡Me has destrozado el tímpano! —lanzó Quentin a Léa, que había gritado a pocos centímetros de su oreja.

Retroceso. Stop. Lectura. Pausa.

El rostro espantosamente horrible llenaba de nuevo la pantalla. La imagen en blanco y negro de calidad mediocre lo hacía aún más enigmático. Los ojos como de pescado, la nariz flácida, la piel arrugada, la boca deformada en un grito mudo, el cabello sucio. Parecía querer decir algo.

—Es una máscara —notó Maxime.

Quentin giró la cabeza hacia la puerta del escritorio.

—Comprueba que esté bien cerrada.

Léa giró la llave en la cerradura.

El silencio en la habitación hacía que la angustia fuese aún más palpable. Eso permitió también oír que Quentin reprimía su risa.

—¿Qué te hace reír?

—Era yo, con una máscara.

—¿Tú? ¿Eres idiota? ¿Por qué hiciste eso?

—Pues... para asustaros. Estaba seguro de que íbamos a ver estas grabaciones. Hice el mismo truco en varias cámaras.

—¡Qué nivel! —celebró Maxime.

—Si tus padres se encuentran esto, no sobreviven al susto —advirtió Julien.

—¿La silueta de la escalera eras tú, entonces? —preguntó Maxime.

—¿Cómo quieres que sea yo? Estaba con vosotros en el primer plano de la foto.

—Creo que va a estar ahora —advirtió Marie, concentrada en la pantalla.

Ya había olvidado la farsa de Quentin.

—Hice la foto cuando Mehdi se nos unió —precisó.

Un nuevo silencio destacó el suspense, que ahora se contaba en segundos.

Una sombra se perfiló en el marco.

—¡Ahí! —gritó Marie.

El intruso quedaba fuera del campo de visión.

—Esquiva las cámaras de seguridad —dedujo Julien.

—Tengo una idea —dijo de pronto Quentin.

Seleccionó la grabación de la cámara colocada sobre la escalinata y la retrocedió.

—Quizás no pudo evitar la cámara de entrada.

—¿Cuántas cámaras hay fuera?

—Dos. Una delante de la casa y otra detrás, encima de la terraza y la piscina.

Rebobinó la grabación hasta la llegada de Camille, luego hizo desfilar en modo rápido la llegada de los siguientes invitados, hasta que, de pronto, apareció el que ya no se esperaban: ¡Clément!

—¡Estaba segura de que era él! —exclamó Marie.

Quentin clicó en «play».

—¡Sí que vino a la casa! —observó Julien.

—Sí, pero nosotros no lo vimos —agregó Quentin.

En la imagen, que no era nítida a causa de la oscuridad, se distinguía a Clément inmóvil. Llevaba una mochila y miraba fijamente algo fuera del campo de visión.

—Parece que tiene miedo de entrar.
—Es tímido —precisó Léa.
—No, tiene miedo de algo. Mirad.

Clément dio un paso hacia atrás. Estaba aterrorizado. Siguió retrocediendo.

—¿Qué lo hace retroceder así?

Clément se deshizo de la mochila y se esfumó corriendo despavorido en la noche, bajo la lluvia torrencial.

—¡Joder, el imbécil se borró! —exclamó Mehdi.

Esto sucedió hace más de cuatro horas —señaló Marie.

—Parece que fue testigo de algo que lo asustó tanto que no pudo seguir —dedujo Quentin.

Oyeron ruidos en la casa.

—¿Qué ha sido eso? —preguntó Julien.

—Parece un vidrio que se ha roto.

—Viene de abajo.

Julien se abalanzó hacia la puerta, giró bruscamente antes de abrir y miró a sus compañeros.

—Chicos, ¿dónde está Mathilde? —exclamó.

24.

—La última vez que vi a Mathilde, estaba en el vestíbulo —dijo Julien a Quentin—. Mientras tú examinabas la caja del amplificador telefónico.

—Cuando subimos, me dijo que iba a fumar un cigarro —agregó Maxime.

Bajaron al salón y no encontraron a su compañera. La puerta de entrada estaba abierta y dejaba entrar una corriente de aire frío y húmedo. Un jarrón se había roto al caer sobre las baldosas.

—¡Mierda! Creo que era súper caro —se lamentó Quentin al ver los destrozos.

—¡No habrá salido a fumar fuera con este clima! —dijo Camille.

Quentin salió a mirar, encaró una ráfaga de viento helado y llamó a Mathilde sin obtener respuesta. Se aseguró de que no había nadie en el jardín y cerró otra vez la puerta con llave. Buscaron a su amiga por toda la casa.

No había ni rastro de Mathilde.

—Subamos de nuevo al escritorio.

Siguieron a Quentin, que ahora se interesó por los archivos de las cámaras del salón y del vestíbulo. Seleccionó el momento en que Mathilde se había separado del grupo.

En efecto, se la veía fumar, sentada en el sofá. Entonces algo atrajo su atención desde la entrada. Se levantó lentamente y dejó el salón para avanzar hacia el vestíbulo, con reticencia. Abrió la puerta de entrada y, con el cigarro todavía en la boca, se encontró de cara con la noche y la intemperie. Después de haber verificado que no había nadie, volvió a cerrar, se dio vuelta y se inmovilizó, aterrorizada, igual que lo había hecho Clément, por algo que estaba dentro de la casa pero que no se veía en la pantalla. Mathilde retrocedió tirando el jarrón al suelo y huyó hacia el exterior de la casa.

Quentin buscó en las otras cámaras lo que podría haber asustado tanto a la joven. No encontró nada.

—Primero Clément, después Mathilde —destacó Camille—. ¿Qué los ha espantado así?

—¡Joder! —exclamó de pronto Quentin.

Se levantó de un salto del sillón y corrió hacia la escalera. La bajó como si hubiera fuego.

—¿Qué le pasa? —se sorprendió Julien.

—Ha visto algo —dedujo Léa examinando los diferentes videos en el monitor.

Uno de ellos mostraba a Mathilde errando asustada alrededor de la piscina.

—¡Vamos! —ordenó Mehdi.

Todos imitaron a Quentin, salvo Manon que prefirió quedarse en el escritorio. Consideraba que el panorama era mejor desde allí, lo que confirmó la aparición de un

Quentin enloquecido en la pantalla de control de la cámara de la piscina. Mientras tanto, Mathilde había desaparecido del campo de todas las cámaras.

—¿Qué haces? —se sorprendió Marie. La chica había vuelto a subir.

—Los veo volverse locos —respondió Manon.

—Parece que no eres muy valiente.

—¿Y tú, por qué has vuelto?

—Mehdi me pidió que vigilara las pantallas.

—Tiene razón, todo es más divertido desde aquí.

—No te tomas nada en serio.

—Sí, dos cosas. Las dos únicas de las que estamos realmente seguros: el nacimiento y la muerte. Entre las dos cosas, es todo mentira. Lo que pasa a tu alrededor no es necesariamente lo que crees. Así que te dejo imaginar el crédito que le puedes acordar a estas imágenes.

Prestaron atención a los diferentes puntos de vista de las cámaras: la cocina, el salón, el comedor, el vestíbulo, los dormitorios, la biblioteca, el escrirorio, la terraza, la escalinata... Léa apareció en uno de los cuadrados, el del vestíbulo. Venía de afuera. Agitó los brazos en dirección a la cámara con una expresión de espanto.

—Hay un problema —dedujo Marie.

—¿Entiendes el lenguaje de signos?

—¿Te quedas aquí?

—Mientras no tenga cobertura para llamar un taxi, prefiero mirar.

—Yo voy.

—Vale, buena suerte.

Manon se encontró de nuevo sola y aprovechó para inspeccionar la habitación. Era amplia, con dos ventanas grandes. Una mesa de arquitecto estaba frente a una de ellas. El resto del mobiliario se componía de un sofá de aspecto incómodo, un gran armario cerrado con llave, estantes todavía vacíos, y un escritorio que contenía un iMac gigantesco y el monitor conectado al sistema de seguridad. Manon encendió sin esperanza el teléfono de la línea fija, que no emitió ningún tono. Aquella línea también estaba muerta. Sacó de nuevo su teléfono móvil. Seguía sin señal. Estaba condenada a quedarse en esa mansión ocupada por una banda de niñatos que se divertían asustándose entre ellos de mil macabras maneras.

Después de haber caminado en círculos y verificar que no sucedía nada en la pantalla, se aventuró en el pasillo y se encontró con la biblioteca. Pasó los dedos por los estantes de libros. Desde abajo, le llegaba el movimiento de sus compañeros buscando a los desaparecidos. Quizás podía encontrar un libro interesante en ese bosque de obras clásicas. A Manon no le gustaba la literatura contemporánea, salvo unas pocas excepciones. La mayoría de escritores le ofrecía pocas emociones, y aún menos ganas de vivir.

Detuvo la mirada en una antología de relatos: *La cámara roja*, de Edogawa Ranpo. La tomó como si la robara. Era una fanática de los cuentos porque el arte de escribirlos era difícil. Y, como no era un género habitual en Francia, con más razón presentaba mucho interés para ella. No apreciar las mismas cosas que los demás, no pensar lo mismo que ellos, esa era toda la cuestión.

Ojeó automáticamente *La cámara roja* comenzando por su relato preferido, «La butaca humana».

Yoshiko vio a su marido partir hacia su puesto de trabajo en el Ministerio...

Manon sintió un ligero movimiento a sus espaldas. Se desplazó hacia el recibidor. Estaba vacío.

—¿Estáis ahí? —llamó. —Ya os he avisado de que no participo en vuestras idioteces.

Se inclinó sobre la baranda. Escuchó voces que venían de fuera. Distinguió la de Camille que llamaba a gritos a Quentin.

Manon iba a devolver el libro a su lugar, cuando se sorprendió al escuchar una risa ahogada. Salía de una de las habitaciones del primer piso. Avanzó sospechando otra farsa de sus compañeros.

—¡Os he dicho que no entro en vuestro circo!

No pudo evitar sentir un poco de aprehensión mientras se acercaba al dormitorio. Su instinto le indicaba prudencia. Había visto bajar a todos a la planta baja. Aquella risa ahogada, lógicamente, no podía ser de uno de los ocho bromistas...

La puerta estaba entreabierta. La empujó sin emitir sonido para no traicionar su presencia. Pasó primero la cabeza y se aferró a la idea de que todo era solo ilusión, en especial en esa noche, en esa casa.

Entró.

Había una cama, cubierta por una gruesa colcha floreada y almohadones mullidos, reinando en medio de la habitación. Un armario de roble, una cómoda maciza y un sillón completaban el mobiliario. Unas gruesas cortinas dobles colgaban de los muros blancos, decorados con telas modernas. Parecía la habitación de un hotel de lujo. Manon miró detrás de las cortinas, antes de verificar que nadie se escondía debajo de la cama.

Todavía quedaba un lugar donde podía esconderse alguien.

El armario.

Manon abrió simultáneamente las dos puertas, que chirriaron. Instintivamente puso los brazos en cruz para protegerse, pero se encontró frente a un perchero y estantes vaciós, en línea.

Debió rendirse ante la evidencia de que no había nadie más en el dormitorio. Y sin embargo, sintió una presencia justo detrás de ella…

25.

Poco tiempo antes de que Manon saliera del escritorio, Marie había descendido al vestíbulo, alertada por las señales de Léa. La encontró en la escalinata, confundida, y la agarró por los hombros. En lugar de calmarla, la bombardeó con preguntas, sin darle apenas tiempo para responder.

—¿Qué pasa? ¿Habéis encontrado a Mathilde? ¿Dónde están los demás?

—Quentin también ha desaparecido.

—¿Qué?

—Lo hemos buscado por todas partes. ¿Has visto algo en las cámaras?

—No, no he notada nada raro.

Se escuchaba a los otros llamando a Mathilde y a Quentin. Las luces de sus teléfonos móviles penetraban dificultosamente la oscuridad opaca.

Camille se reunió con las dos chicas y les resumió la situación.

—Quentin se ha volatilizado. Tampoco hay ninguna señal de Mathilde. Mehdi oyó un ruido que venía del bosque, pero no se ve nada. Además, está empezando a llover otra vez.

Las chicas entraron, seguidas unos minutos más tarde por Mehdi, Maxime y Julien, que parecían agotados. Por sus expresiones de desconcierto, Marie comprendió que la situación era seria. Algo grave estaba sucediendo. Pero aún no sabían qué.

—¿Qué hacemos? —preguntó.

—Hay que llamar a emergencias —dijo Julien.

—Juradme que ninguno de vosotros está haciéndonos caer en otra trampa.

—Si así fuera, yo lo mato con mis propias manos —prometió Mehdi.

—Yo hice mi parte jugando el espectro y ya me estoy arrepintiendo —dijo Léa.

—Yo también —agregó Camille—. Francamente, prefiero nuestras noches de risas.

—Os juro que yo no tengo nada que ver con lo que hizo huir a Mathide, Clément y Quentin —aseguró Maxime.

Julien juró lo mismo.

—¿Dónde está Manon? —se inquietó de pronto Mehdi.

—Está arriba —respondió Marie.

—Tenemos que estar juntos.

—Prefiere andar por su cuenta, ya la conoces.

—No me importa, nos quedamos juntos.

Mehdi asumió el liderazgo de la banda, más unida que nunca, y subió al despacho.

—¿Dónde se ha ido? —preguntó saliendo de la habitación.

—No sé —se angustió Marie.

Llamaron a Manon.

—Esto asusta —dijo Maxime.

—Quiero irme de aquí —dijo Camille.

—¡Manooooon! —gritó Mehdi.

—No tan fuerte —le ordenó Marie.

—Si susurro, no va a oírme.

—¡Ahí! —exclamó Léa señalando la puerta entreabierta de uno de los dormitorios.

Caminaron en silencio por el recibidor y se posicionaron de un lado y del otro del marco de la puerta, como si fueran a lanzar un asalto. Mehdi dio un puntapié en la puerta y entró en la habitación. No había nadie. Recorrió el espacio con la mirada y se detuvo en un libro tirado en el suelo. Lo levantó. Era *La cámara roja* de Edogwara Ranpo.

26.

Camille, Léa, Marie, Mehdi, Julien y Maxime se encerraron en el despacho para analizar la situación y, sobre todo, decidir qué hacer a continuación. ¿Eran víctimas de una farsa elaborada para instalar el *clímax* de esa noche de terror? Todos eran capaces de eso. El truco de Maxime, que había «resucitado» a Manon con su tablero de Ouija, era una proeza de por sí. En este caso, los sospechosos solo podían ser los que habían desaparecido: Clément, Mathilde, Quentin o Manon.

—Manon no tiene nada que ver en nuestro juego —objetó Marie. No me la imagino dedicándole tiempo a un asunto como este. Además, solo vino porque Maxime fue a buscarla.

—Estoy de acuerdo —aprobó Maxime—. ¿Y Quentin?

—Para mí, es el culpable ideal —dijo Marie—. Es el único que conoce la zona. Llegó aquí primero y tuvo tiempo de prepararlo todo. Creó un clima angustiante con sus historias de visitantes y fenómenos paranormales. Además le encanta hacer bromas. Y él tuvo la idea de esta noche de terror. Nos ha dejado plantados sin darnos ni la menor explicación…

—Solo quiso ayudar a Mathilde —explicó Camille.
—Lo conozco bien —intervino Léa—. No iría tan lejos. En fin, no lo creo. ¿Cómo podría haber asustado a Clément y a Mathilde, sobre todo si estaba con nosotros cuando ellos huyeron? Además, francamente, yo estoy mucho tiempo con él, debería haberme dado cuenta de algo.
—Vale —resumió Marie—. Dejamos de lado a Manon y a Quentin. Nos quedan Clément y Mathilde.
—Esto no es del estilo de Mathilde —dijo Julien—. Hizo su parte con la escena *gore* de los dedos cortados, pero después pasó al modo relax. No paraba de beber y fumar.
—¿Y Clément?
—Es un introvertido —dijo Mehdi—. No me lo imagino como el amo de un juego macabro.
—Sí, pero tiene un buen móvil —subrayó Camille.
—¿Qué? ¿Hacernos pagar por nuestra actitud hacia él? —adivinó Marie.
—La venganza del Gran Inútil— resumió Maxime.
—No creo, porque al final terminamos invitándolo —arguyó Julien.
—Además, lo vimos en las grabaciones —dijo Marie—. Tenía tanto miedo como Mathilde.
—¿Y si examinamos otra hipótesis? —sugirió Julien—. Esa de la que nadie se atreve a hablar…
—¿Cuál? —preguntó Léa.
—Un elemento exterior al grupo que se ha obsesionado con nosotros.
—Prefiero no pensar en eso —confesó Camille—. Eso significaría que Clément, Mathilde, Quentin y Manon son víctimas de un psicópata. Y que nosotros también corremos el riesgo de serlo…

—Taparse los ojos no nos ayudará a resolver el problema —destacó Mehdi.

—Hasta ahora, me negaba a entrever esa posibilidad —confesó Léa—. Pensé en una jugarreta entre Clément, Mathilde y Quentin. Pero ahora comienzan a ser muchas desapariciones. Además, no me imagino a Manon como cómplice de Quentin ni de Mathilde para animar la noche. No se lleva bien con nadie.

—Salvo contigo —observó Julien.

—A propósito, ¿qué relación tienes con ella exactamente? —preguntó Mehdi.

—Creo que siente algo por mí.

—¿Y es recíproco?

—No es el momento de hablar de eso.

—Sí, justamente. Buscamos establecer conexiones entre algunos de nosotros. Quentin te vio hacerle una mala pasada en la cocina. Y es inútil negarlo, eso se puede verificar enseguida en los videos.

—¡Eh! ¿Vas a hacerme un juicio?

—Solo se trata de esclarecer la situación —intervino Marie.

—Mientras tanto, nos hemos encerrado todos como idiotas en este despacho —se quejó Maxime.

—¡Algo pasa alií! —exclamó Camille.

Señaló las imágenes que provenían de la cocina. Se agruparon alrededor del monitor.

—¿Has visto a alguien?

—Era demasiado pequeño y rápido para ser una persona. No me ha dado tiempo a identificar lo que era. Hay que retroceder. ¿Alguien sabe cómo funciona esto?

—Sí, vi como lo hacía Quentin —respondió Maxime.

Repasaron las imágenes de la cocina que correspondían a los últimos minutos. Algo atravesaba la pantalla, en efecto, pero en apenas una décima de segundo. Maxime lo puso en pausa. La imagen era borrosa y saltaba un poco. Se distinguía una forma del tamaño de un gato.

—Está dentro de la casa —dijo Maxime.

—Hay que verificarlo. ¿Un voluntario?

—Vamos todos —decidió Camille.

Maxime desatrancó la puerta del escritorio y asomó la cabeza para comprobar el pasillo.

—Vía libre —declaró, antes de darse cuenta de que lo que acababa de decir era estúpido.

Salieron como caminando sobre huevos.

—Si esto es una farsa, parecemos realmente idiotas —gruñó Mehdi.

—Y si no, estaremos contentos de haber sido prudentes —arguyó Léa.

Una vez abajo, verificaron que la puerta de entrada estuviera cerrada con llave y todos los ventanales, bloqueados.

—¿Y si el intruso ha estado dentro desde el principio? —sugirió Julien.

—Eso querría decir que estamos encerrados con él —respondió Camille.

28.

—¡Nadie! —declaró Mehdi.
Se había adelantado como un explorador en la cocina.
—¿Qué es eso? —preguntó Julien.
Había una piedra al pie del refrigerador.
—Alguien la ha lanzado —respondió Marie—. Eso es lo que vimos en la pantalla.
Léa levantó la mirada hacia la cámara de la cocina.
—¡Era para distraernos! —exclamó.
—¿Qué? —se sorprendió Mehdi.
—Para alejarnos de las pantallas de seguridad.
Se abalanzó como enloquecida hacia la escalera, subió los escalones de cuatro en cuatro y se aferró al picaporte del despacho, que se resistía. Los demás llegaron detrás como refuerzo.
—¿Alguno de vosotros cerró con llave? —les preguntó.
Todos negaron. ¿Por qué harían eso?
Maxime y Mehdi se lanzaron contra la puerta hasta que al fin la cerradura cedió. Léa se abalanzó sobre el teclado, insultó, se alteró, activó el sistema. Maxime tomó el relevo con más sangre fría y se reconectó.

—¿Qué buscas?

—Los registros de lo que ha pasado durante los últimos diez minutos.

Maxime lanzó la lectura desde el momento en que habían salido a la cocina. No notaron nada anormal en las otras pantallas que correspondían a las diferentes partes de la mansión. Léa se retorcía nerviosamente mechones de la melena roja.

—Estoy segura de que nos hicieron bajar hasta la cocina para alejarnos de esta habitación. Y la puerta bloqueada lo confirma, ¿no? Hay que mirar en otra parte. Quiero ver las imágenes del exterior.

Maxime seleccionó las dos cámaras exteriores y dividió la pantalla en dos. A la izquierda, las imágenes de la escalinata. A la derecha, las de la terraza y de la piscina. Retrocedió veinte minutos en el tiempo e hizo desfilar las grabaciones simultáneamente.

Léa tenía razón.

Quentin apareció a la derecha en la pantalla, buscando a Mathilde, que entonces acababa de desaparecer. Se dio vuelta ante algo que ellos no veían. Aterrorizado, lo vieron retroceder hacia las lonas de la piscina en construcción, arrancadas a medias por el fuerte viento. La fosa gigante y cenagosa estaba solo a unos centímetros de sus talones. Quentin parecía hipnotizado, con la misma expresión de terror que habían leído en los rostros de Clément y Mathilde. El chico comenzó de pronto a temblar, a hacer muecas de dolor, antes de contraerse y paralizarse, como si lo hubiera atravesado una fuerza invisible.

Lo vieron derrumbarse y caer al fondo del pozo.

Léa retuvo un grito con sus manos.

—Mirad, aquí es cuando vuelve la lluvia —observó Marie escrutando las imágenes.

—Mierda, eso pasó cuando salimos y no vimos nada —comprobó Mehdi.

Léa salió corriendo.

—¡Léa! —gritó Mehdi lanzándose detrás de ella.

Corrió, seguido por Maxime y Camille, mientras que Marie y Julien permanecían en el escritorio con los ojos fijos en la pantalla.

Fuera llovía torrencialmente. Mehdi vio a Léa saltar como una loca en la fosa de la piscina y remover el barro con sus manos en busca de Quentin. La llamó en vano. Maxime y Camille se reunieron con él.

—Hay que ayudarla —dijo Camille.

Mehdi y Maxime encontraron una pala y un pico de la obra en construcción y descendieron al pozo, acompañados por Camille que los iluminaba con su teléfono. Cavaron y picaron en reemplazo de Léa, pero solo movieron barro y piedras, y debieron rendirse ante la evidencia: el cuerpo ya no estaba allí.

—¿Adónde se ha ido? —exclamó Léa.

—Volvamos a la casa —ordenó Maxime.

Léa no se movió, enajenada, con los pies hundidos en el lodo, golpeada por la lluvia, con el cabello sucio retorcido por el viento. Parecía un cadáver que brotaba de la tierra, aún más pavoroso que el espectro que había simulado unas horas antes para aterrorizar a sus amigos.

Camille le tomó la mano y la llevó con ella. Julien salió a su encuentro con toallas.

—Es inútil, tío —dijo Mehdi—. Estamos demasiado sucios. Mejor vamos directos a la ducha.

—¿Y Quentin? —preguntó.

—Se ha esfumado —respondió Maxime.

—Vamos a lavarnos —decidió Mehdi—. Los cuatro juntos. ¿Dónde está Marie?

—En el escritorio, está estudiando las grabaciones para tratar de encontrar una pista. Se cree que está en *CSI* o algo así.

—Quédate con ella. Ninguno de nosotros debe estar solo.

Julien volvió al escritorio mientras los otros se dividían entre los dos cuartos de baño. Las chicas ocuparon el del dormitorio de los padres de Quentin. Los chicos fueron al otro.

—Mierda, mi camisa Levis está arruinada —se quejó Mehdi—. Y estaba recién comprada. ¿Qué nos vamos a poner ahora?

—No sé, pero no puedo quedarme así —dijo Maxime desvistiéndose. ¡Me pido primero para la ducha!

En el otro baño, Léa se enjuagaba bajo el agua caliente, que arrastraba el barro mezclado con la espuma del champú y del gel de ducha con perfume de mandarina. Camille esperaba su turno limpiándose la cara en el lavabo.

—Mi maquillaje está arruinado—se quejaba.

Julien entró como una tromba y la hizo sobresaltarse.

—¿Qué haces aquí? —se quejó Camille.

Estaba completamente desnuda ante él y no le gustó nada esa irrupción descarada.

—¡Marie ha desaparecido!

28.

Después de haber asaltado el guardarropa de Quentin, compuesto principalmente de suéteres vintage, váqueros agujereados y camisas de *El Gran Lebowski*, Camille, Léa, Mehdi y Maxime se reunieron con Julien en el escritorio. De nuevo, trataron de entender lo que le había pasado a Marie gracias al sistema de videovigilancia.

Rebobinaron… hicieron desfilar las imágenes en el monitor… multiplicaron los ángulos de visión. Finalmente, encontraron a Marie saliendo del despacho. Algo le había llamado la atención en la planta baja. La vieron bajar la escalera, dirigirse a la cocina como diciendo algo, detenerse en seco y girar de pronto hacia la lavandería, que no entraba en el campo de visión de las cámaras. Lo que veía la aterrorizaba. Salió del cuadro y no volvió a aparecer en ninguna parte.

—No hay cámara en la lavandería —confirmó Léa.
—Ahí es donde se esfumó Marie —concluyó Julien.
—¿Vamos a ver? —sugirió Mehdi.
—Si quieres sí, pero juntos.

—No vamos a encontrar a Marie en la lavandería, como no encontramos a Quentin en el hueco de la piscina —afirmó Camille.

—Vamos de todas formas —ordenó Mehdi.

Lo siguieron por la escalera, atravesaron la cocina y comprobaron que la puerta de la lavandería estaba entreabierta. No había ninguna huella de lucha adentro, ni otra salida.

—Estamos dejándonos engañar como idiotas —refunfuñó Mehdi.

—Tenemos que reaccionar —decidió Camille—. No podemos seguir sufriendo los acontecimientos sin pelear.

—Tiene razón —aprobó Maxime—. A este ritmo, no quedará nadie en esta casa mañana por la mañana.

—Creo que deberíamos hacer esto en dos tiempos —dijo Mehdi.

—Te escuchamos.

—Primero, tenemos que descubrir quién está detrás de todo esto.

—¿Y segundo?

—Le rompemos la cara.

Rodeados de conservas, detergentes, un congelador, una lavadora y una secadora, trataron de elaborar un plan basado más en el ataque que en la defensa. La «cosa» que los acechaba estaba en la casa. Había que acorralarla.

—Tengo una idea —dijo Léa.

—¿Qué?

—Seguidme.

Los condujo hacia el garaje, que comunicaba con la cocina.

Revolvió en la caja de herramientas.

—¿Qué buscas? —preguntó Maxime.

—Esto —dijo ella mostrando una llave de latón.

Se dirigió hacia un armario metálico que abrió con la llave. En el interior había artículos de pesca y material de *camping*. Se puso de puntillas y levantó los brazos para alcanzar un largo embalaje de cartón. Tanteó un poco y encontró también una caja pequeña en el fondo del armario.

—Quentin me dijo que su padre guardaba un fusil en este armario. Solo falta cargarlo. Y estos son los cartuchos.

Mehdi abrió los ojos como platos.

—Para reventarle la cara al enemigo no está mal, ¿no? —exclamó Léa.

—¿Por qué no nos has dicho antes que había un fusil semiautomático en la casa? —se alegró Maxime.

—Porque antes no estaba segura de tomarme las desapariciones de nuestros amigos en serio.

—¿Antes de qué?

—Antes de esto.

Hundió la mano en su bolsillo bajo la mirada impaciente de los cuatro compañeros y la abrió mostrando una cadena de oro con un pendiente que representaba un árbol de la vida.

29.

La pequeña joya brillaba en la mano de Léa.

—La encontré antes en el agujero de la piscina. Es una cadena de oro que pertenecía a la abuela de Quentin. Se la dio antes de morir. Quentin adoraba a su abuela, por nada del mundo hubiera sacrificado esta joya, y menos para hacer una farsa. Realmente se defendió. Esto no es fantasía, ni una broma.

—¿Cómo se carga esto? —preguntó Julien abriendo el embalaje del Remington.

—Déjame, es fácil —afirmó Maxime.

Este desenroscó la tapa de la recámara y sacó la cubierta. Usó la palanca recuperadora para abrir la culata. Tomó el cañón y lo insertó firmemente en la culata. Volvió a poner la cubierta sobre la recámara, atornilló la tapa y puso el seguro.

—¿Qué eres, cazador? —se sorprendió Camille.

—A veces voy al tiro al plato con mi padre. ¿Los cartuchos?

Léa le tendió la caja de Magnum de 76mm. Maxime la abrió, sacó una y lo presionó contra la placa de la corredera para hacer que se deslizara hasta el interior de la recámara. Insertó cuatro balas.

—Listo, basta con poner el seguro en posición de tiro y apoyar el gatillo. La culata delantera continuará armando y descargando el fusil hasta que la recámara esté vacía.

—Yo usaré esto —anunció Mehdi mostrando una barra de hierro curvada en la punta.

—¿Qué es eso? —preguntó Camille.

—Una palanqueta. Sirve para sacar clavos.

Camille frunció el entrecejo.

—Pero no la usaré para eso —precisó con actitud transgresora.

—Cuando pienso que podría estar tranquilo en mi casa con mis padres, mirando una película en France 3 —se quejaba Julien.

—Esto es para ti —sugirió Mehdi tendiéndole una pequeña hacha.

—¿Qué quieres que haga con eso?

—¿Qué te parece? ¿Además de cortar madera?

—Sabemos que lo tuyo es el dibujo y las comedias musicales —dijo Mehdi a Julien— pero eso no nos va a servir de nada. Así que haz un esfuerzo y te armas con una hacha, por si hay que defenderse.

—Yo elijo este mango de picota —dijo Léa moviéndolo como si fuera un bate de béisbol, a la manera de Harley Quinn.

—Me quedan el rastrillo o el martillo —se lamentó Camille.

—Te aconsejo el martillo —dijo Mehdi—. Puede hacer mucho daño.

—Y ahora ¿cuál es el plan? —preguntó Julien, lleno de dudas.

—Aguantar hasta que lleguen nuestros padres.

—Mi madre tiene que venir a buscarme a las 11 de la mañana —informó Camille—. Tenemos un almuerzo familiar. Y será puntual.

—Vale, entonces es probable que ella sea la primera.

Maxime miró su reloj. Casi era medianoche.

—Solo tenemos que aguantar once horas.

Después de haber acordado la estrategia, entrechocaron los puños en señal de unión. Mehdi empuñó el picaporte y se giró hacia sus compañeros, con el pánico dibujado en su rostro.

—Está bloqueada.

—¿Qué? —exclamó Léa.

—¡Alguien ha cerrado con llave desde dentro!

30.

—Vamos a comprobar enseguida si este fusil funciona —anunció Maxime. Retroceded, tíos, esto va a hacer ruido.

Apuntó a la puerta de madera a nivel de la cerradura y disparó tres veces.

Un agujero enorme reemplazó el picaporte y la cerradura.

Maxime dio una patada contra la puerta, que se cayó con un golpe sordo sobre la mampara del lavadero contiguo al garaje.

—¿Te crees que estás en una película norteamericana? —exclamó Mehdi.

Maxime avanzó, barrió el espacio delante de él con el cañón del fusil, les anunció que la vía estaba libre y cargó otros tres cartuchos más.

—Al menos ahora el enemigo sabe que estamos armados —subrayó Julien con el hacha en la mano.

Se desplazaron en fila india a lo largo del pasillo y se reagruparon en medio del salón, espalda con espalda ante un adversario invisible.

—Hay un olor extraño —dijo Camille.

—Yo también lo había notado —confirmó Julien—. Realmente apesta.

—Es Maxime, se ha tirado un pedo —afirmó Mehdi.

—Ya lo siento, pero cuando lo hago, se escucha.

—No importa, huele a mierda —insistió Julien.

—Pues pongamos que es el enemigo, se le ha escapado algo de gas —terminó la discusión Maxime.

—No sé a qué nos enfrentamos —confesó Mehdi—, pero tenemos que sacarlo de la casa.

—Para eso, deberíamos ser más numerosos —juzgó Julien.

—O estar en una casa más pequeña —agregó Camille.

La chica miró fijamente una piedra en el sillón, que no tenía nada que hacer ahí. Mehdi reiteró su plan:

—Nos mantenemos siempre juntos, cerramos todas las puertas con llave, una después de otra, y esperamos.

—¿Quién te ha nombrado jefe? —soltó Maxime que se sentía poderoso con el fusil.

—Solo sugiero un plan. Pero si tienes otro mejor, adelante.

El silencio que siguió a sus palabras validó el plan de Mehdi.

—¿Dónde está Jack? —preguntó de pronto Julien.

—¿Quién es Jack? —se sorprendió Camille.

—Mi rata.

—¿La has llamado Jack?

—Sí.

—¿Por qué?

—Me parece que se da un aire a Jack Lang.

—¿Quién? ¿El ministro de la Fiesta de la Música?

—¡A la mierda con Jack! —protestó Mehdi—. Hay que actuar ahora. He visto unas tablas en el garaje. Vamos a usarlas para bloquear ciertas salidas.

Comenzaron por el comedor. Dieron la vuelta a la mesa de roble y la colocaron contra una de las dos ventanas, empujaron la encimera contra la otra, y luego clavaron una tabla contra la puerta de entrada cerrada con llave. Controlaron los baños e inspeccionaron cuidadosamente el salón antes de bajar todas las persianas eléctricas. También examinaron la cocina, y hasta revisaron el interior de los armarios. Mehdi echó incluso una mirada en los muebles de altura.

—¿También vas a comprobar los cajones? —le lanzó Maxime.

—No sabemos a qué nos enfrentamos. Así que busca también dentro de tu culo.

—Bromeaba. No hace falta ser grosero.

—La grosería es como bromear cuando hay vidas en juego.

—Sí, pero precisamente el humor ayuda a vencer el miedo.

—De todos modos, tú nunca te tomas nada en serio. Parece que te crees en un *escape game*, estoy seguro. ¡Mírate, con tu fusil! Vas a terminar disparándonos a todos.

—Relájate, Mehdi —intervino Camille—. Si quieres dirigir la operación, háblanos de otro modo. Y si no eres capaz, pasas el liderazgo. Debemos estar unidos, y tus órdenes no contribuyen.

- -Está bien —rezongó Mehdi.

—No, no está bien, precisamente.

Léa gritó.

Maxime apuntó el fusil en su dirección, listo para disparar al monstruo que acababa de sorprender dentro del aparador. Léa volvió a cerrarlo violentamente. En el interior, algo se movía y daba tumbos.

—¿Disparo? —preguntó Maxime.

Apuntó hacia ahí. Léa volvió a agarrar la puerta del mueble.

—A la de tres —le dijo Maxime—, tú abres la puerta y yo le doy con todo.

—¡Espera! —advirtió Julien.

Se acercó, pegó la oreja al aparador, se puso en el lugar de Léa y abrió el mueble.

—¿Qué haces? —protestó Maxime—. ¡Apártate que fulmino a ese hijo de puta!

Julien hundió el brazo bajo la mirada espantada de sus compañeros, que no le conocían tal coraje. Léa comprendió lo que sucedía antes de que Julien sacara de ahí a su rata.

—¡Era mi Jack!

Alivio general.

—Ahora guarda tu mascota, tío —aconsejó Mehdi.

Julien la colocó en su jaula con un puñado de cereales.

—Bien. Cocina cerrada —anunció Mehdi.

Pasaron al garaje. Después de asegurarse de que no necesitaban nada más, bloquearon el acceso con tablas que clavaron en la puerta ahora ya sin picaporte. Durante ese tiempo, Maxime vigilaba al pie de la escalera, preguntándose de dónde podía venir el terrible olor pestilente.

Camille lo alcanzó al cabo de unos minutos.

—¿Estás bien? —se inquietó Maxime.

—Mientras hagamos cosas es fácil no pensar en lo absurdo de esta situación.

—Gracias por haberme defendido antes con Mehdi.

—De nada. Detesto a los gruñones. Vamos al primer piso.

—Camille.

—¿Qué?

—Me gustas mucho.

—Lo expresas de forma muy rara, pero lo sé.

Mehdi, Julien y Léa se acercaron, con los brazos llenos de tablas.

—Tendremos que bloquear la puerta del despacho que rompimos antes —explicó Mehdi.

—Nos olvidamos de revisar el sótano —señaló Maxime.

—¡Mierda! Camille fue a abrir la puerta y encendió la luz.

—Déjame pasar primero —le aconsejó Maxime—. Tengo el fusil y no quiero a nadie en mi línea de tiro.

—Te sigo —aprobó Mehdi.

Maxime avanzó apuntando el fusil hacia la escalera que se hundía en la oscuridad del sótano. El primer escalón crujió bajo su peso. Luego el segundo. Mehdi apretó con más fuerza la palanqueta, y se deslizó tras la sombra de Maxime. Una detonación le perforó el tímpano, seguida por gritos, el ruido de un casquillo que caía sobre el cemento y un fuerte olor a pólvora.

—¿Estáis bien? —lanzó Camille a sus espaldas.

—Sí —respondió vagamente Maxime.

—¡Mierda!, ¿qué has visto? —exclamó Mehdi.

—No sé. Me pareció ver algo que se movía cerca de las botellas de vino.

El plomo había hecho explotar algunas botellas, y su contenido se derramaba por el suelo.

—¿Estás seguro?

—He dicho «me pareció».

—¡Intenta al menos ver a qué le disparas, joder!

Descendieron hasta el fondo del sótano e inspeccionaron bien el lugar. No había nada sospechoso. Esa parte del sótano, más fresca, estaba consagrada principalmente a vinos y champán, clasificados en soportes especiales.

—Salgamos —dijo Mehdi.
Subieron y clavaron más tablas atravesadas contra la puerta, por seguridad.
Luego, subieron de nuevo al primer piso. Léa aprovechó para llevarse los dos libros sobre manifestaciones paranormales en el Col de Vence.
—Ahora estamos seguros de que no hay nadie en la planta baja y de que no se puede entrar en la casa —resumió Mehdi.
—Deberíamos haber comenzado por el primer piso —consideró Julien.
—No. Si hay un intruso en la casa, lo acorralaremos en el altillo. Ahí no podrá escaparse.
—Con la condición de que el intruso sea una persona —precisó Léa.
—¿Qué quieres que sea, si no es una persona?
—Por lo que sabemos hasta ahora se trata de algo espantoso, metódico, rápido, imperceptible para las cámaras de seguridad y que ha logrado hacer desaparecer a cuatro personas, dejando detrás de sí guijarros o piedras.
—¿Y en qué piensas? ¿En Pulgarcito? —ironizó Maxime.
—Sobre todo, pienso que eso limita mucho la lista de sospechosos.
—Veo que ya tienes una idea —dijo Camille, señalando los libros que tenía Léa.
—Sabemos que este lugar es muy reconocido por sus fenómenos extraños, objetos triangulares y luminosos en el cielo, criaturas invisibles, cámaras y vehículos que se descomponen, terrazas arrasadas, esferas blancas que aparecen en las fotos, ruidos de motor en el cielo, caídas de piedras...

—Vale. Ahora puedes agregar también abducción de personas —dijo Julien.
—¿Hacemos un debate sobre aliens o seguimos asegurando el perímetro? —se impacientó Mehdi.
—¿De dónde has sacado eso de «asegurar el perímetro»? —le lanzó Julien.
—De una película.
—Hay que bloquear la escalera —aconsejó Maxime.

Construyeron una barrera clavando tablas entre los dos grandes pilares de la barandilla, que enmarcaban el escalón superior. Luego, rastrearon todos los dormitorios y sus baños, sin separarse en ningún momento, examinando cada rincón de la casa, debajo de las camas, detrás de las cortinas, dentro de los armarios.

Pero una mala noticia los esperaba en el despacho. Una piedra había golpeado contra el monitor conectado a las cámaras de vigilancia. La pantalla estaba dañada.

—Quiero irme —dijo Camille comprobando el desastre.

Estaba a punto de desmayarse. Maxime posó el fusil y la abrazó hundiendo la nariz en el cabello todavía húmedo de Camille. Su excitación, a base de estrés, deseo y perfume de mandarina, estaba en su más alto nivel.

—No sirve de nada huir —dijo Mehdi—. No tenemos adónde ir.

31.

Solo faltaba inspeccionar la buhardilla.

—Necesito hacer pis —anunció Camille.

—Yo también —dijo Léa.

—Vosotras, las chicas, siempre necesitáis hacer pis juntas —destacó Maxime.

—¿Puedes venir? —preguntó Camille.

Abrió los ojos y destacó una sonrisa lujuriosa.

—¡Calma tu entusiasmo! —exclamó Léa—. Es solo para que nos protejas.

—Mientras tanto, Julien y yo trataremos de reparar el ordenador—decidió Mehdi.

Camille y Léa enfilaron hacia el dormitorio más grande, que tenía cuarto de baño. Había que atravesar el recibidor y llegar al pasillo que daba a los dormitorios. Maxime las escoltó hasta el baño y se plantó delante de la puerta con el fusil. Las chicas echaron el cerrojo.

—No hace falta que os encerréis—les soltó.

—Dos precauciones valen más que una —le respondió Camille del otro lado de la puerta.

—Tendrá que pasar sobre mi cadáver para secuestraros —declaró apretando el fusil y separando las piernas, a la manera de un soldado norteamericano.

Léa dejó a Camille usar el inodoro primero.

—Ya no me aguantaba más —confesó ella con alivio.

—Date prisa, si no creo que yo voy a hacer pis en la bañera.

Del otro lado de la puerta, Maxime ocupaba sus pensamientos en Camille, que lo había abrazado dos veces esa noche, pero también en las numerosas preguntas que surgían de esa situación surrealista. ¿Qué sentía Camille por él? ¿Qué les había sucedido a sus compañeros? ¿Iban a terminar como ellos? ¿La casa estaba embrujada?

Una nueva pregunta ocultó de golpe todas las otras: ¿qué es ese ruido en el pasillo?

¡Teketeketeketeketeketeke!

—¿Sois vosotros, chicos? —preguntó sin mucha convicción—. ¿Mehdi? ¿Julien?

Armó su fusil, atravesó la habitación hasta la puerta que daba al pasillo y asomó la cabeza.

Nada a la izquierda.

A sus espaldas, escuchó la descarga de agua del inodoro.

Luego, miró a la derecha.

¡Teketeketeketeketeketeketeketeketeketeketeketeke!

33.

Camille salió primero del cuarto de baño.
—¿Maxime?
—¿Se ha ido? —se sorprendió Léa.
—¡Maxime!
—Qué eficiente este guardaespaldas. Salieron del dormitorio principal. Maxime ya no estaba en el pasillo. Llegaron al despacho rápidamente. Julien y Mehdi trataban de reconectar el iMac con el sistema de seguridad de las cámaras.
—No funciona —se lamentó Julien.
—Tendremos que contentarnos con nuestros ojos, en vivo y en directo —se quejó Mehdi.
—¿Dónde está Maxime? —preguntó Léa.
—¿No estaba con vosotras?
— Cuando salimos del baño ya no estaba.
—¡No puede ser!
Se precipitaron al recibidor. La barricada de la parte superior de la escalera estaba intacta. Mehdi corrió en dirección al pasillo. Los demás se le cruzaban, revisaban todas las habitaciones, llamaban a su amigo.

—Tengo mucho miedo —dijo Léa.

—Vale, mantengamos la mente fría —preconizó Mehdi—. Tratemos de razonar.

—Los ochenta kilos de Maxime y un fusil no pueden desaparecer así sin más —afirmó Camille.

—Tienes razón —dijo Julien—. Maxime todavía tiene que estar en la casa.

—¿Pero dónde, mierda? —gritó Camille, afectada por la desaparición de su amigo.

—Todavía falta un lugar en el que no hemos estado.

—¡El desván! —exclamó Léa.

Recorrieron el pasillo hacia la puerta que llevaba a la buhardilla del antiguo granero. Mehdi se detuvo bruscamente. Los demás se pegaron contra su espalda.

—¿Qué pasa? —preguntó Camille.

—La puerta está abierta.

—¡Entra!

—¡Shhhh!

—Es el momento —insistió.

—¿Y con qué me enfrento a la cosa? ¿Con esto? —Arrimó la palanqueta a la nariz de Léa.

—Yo voy —decidió Camille apretando el martillo con rabia.

—Yo también —dijo Léa enarbolando su picota.

Mehdi las detuvo extendiendo su musculoso brazo.

—Salid de aquí y no hagáis ruido.

—¿Te ha dado *mieditis*? —lanzó Julien.

—¡Tú tampoco vas vas a entrar, marica!

—¿Cómo me has llamado?

—¡Shhh!

Algo caía por los escalones del altillo. Mehdi retrocedió por instinto, pisando los pies de sus compañeros.

Una piedra percutió contra la puerta y rodó por el pasillo. Luego, una segunda piedra, una tercera, una cuarta... provocando un estruendo en la casa. Parecía un derrumbe.

—¡Escondéos! —ordenó.

Mehdi retrocedió, llevando a sus compañeros a un lugar protegido de las piedras, del otro lado del pasillo.

La avalancha de piedras se detuvo. Se instaló de nuevo el silencio. Camille se levantó sin preocuparse por Mehdi y caminó hacia la puerta del altillo, que había quedado entreabierta. Estaba lista para pelear. Léa se interpuso. La vacilación servía para reflexionar, pero la acción tenía la ventaja de alejar el miedo.

—Podrías habernos esperado —susurró Léa.

—Me levanté sin pensar.

—Tienes razón, hay que terminar con esto, si no, voy a sufrir un paro cardíaco antes del amanecer.

Camille terminó de abrir la puerta con el martillo y escrutó la escalera.

Las dos chicas treparon a la par, seguidas por los chicos.

—¡Joder! ¿Dé dónde venían todas esas piedras? —gruñó Mehdi a sus espaldas.

—Pronto lo sabremos —respondió Camille.

Las cabezas de las chicas emergieron en el desván.

—Cuidado con los murciélagos —le advirtió Julien.

—No se ve nada —le señaló Camille.

—¿Quieres mi teléfono?

—Sí, dámelo. He olvidado el mío en el despacho.

Extendió el brazo hacia él y empuñó el aparato con la luz encendida. Lo posicionó a nivel de sus ojos, situados a unos centímetros del suelo, y apuntó hacia adelante. Trazó un rayo luminoso interrumpido por polvo, telarañas e insectos extraños. Se estiraba hasta la pared y se debilitaba, un poco oscurecido, haciendo difuso el fondo de la buhardilla. Pero Camille, como Léa, no se aventuraba más lejos. La presencia del murciélago y, sobre todo, la misteriosa caída de piedras las disuadían de avanzar. Camille sentía el aliento de Léa en la nuca. El rayo luminoso se topó entonces con algunas cajas dispuestas aquí y allá.

—Hay que revisar esas cajas—sugirió Léa.
—Pero primero reviso el lugar con la luz.
—¿Veis algo? —preguntó Julien.
—Nada, por ahora —respondió Camille—. ¿Estáis todos aquí?
—Mehdi vigila la entrada —contestó Julien—. Pero con cara de culo, creo que no aprueba tu insubordinación.
—Se toma demasiado en serio su papel de jefe.
—Hay que reconocer que tiene buenas ideas.
—Mientras tanto y gracias a sus buenas ideas, puede que hayamos dejado escapar al lanzador de piedras.

Camille percibió algo extraño en el suelo al pasar el rayo de luz del teléfono.

—¿Qué es eso?
—Unas gafas... parecen ... ¡Son las de Marie!

Camille extendió el brazo. El gesto iluminó la pared del fondo, más allá de las gafas.

Una niña la miraba fijamente.

33.

Camille chilló aterrada y soltó el móvil. Léa gritó a su vez y golpeó con el pie la cabeza de Julien, que perdió el equilibrio en la escalera. El susto de Camille originó una reacción en cadena. Al encontrarse de pronto en la oscuridad, Léa quiso bajar y aplastó a Julien que estaba tratando de levantarse. Este se tambaleó y dio un codazo a Léa que no entendía lo que sucedía, salvo que había algo aterrador en la vieja buhardilla. La confusión los hizo caer a todos en desorden, como las piedras, hasta el final de la escalera.

—¡Joder! ¿Qué ha pasado? —se exaltó Julien frotándose el ojo.

Camille cerró la puerta y apoyó la espalda contra ella.

—Ha sido ella —se justificó Léa—. ¡Ha entrado en pánico!

—¿Qué has visto? —preguntó Julien a Camille.

La chica trataba de recuperar una respiración normal. Su pecho subía y bajaba rápidamente, al ritmo de los latidos de su corazón, sometido a una dura prueba.

—Vimos las gafas de Rima —dijo Léa.

—¿Eso es lo que os ha asustado tanto?

Camille negó con la cabeza y levantó la mano para informar que ya recuperaba el aliento, y la voz.

—Vi...
—¿Qué has visto?
—No me vais a creer...
—A estas alturas, puedes decirnóslo. Yo estoy listo para creer en los extraterrestres.
—Una niña.
—¿Qué?
—Hay una niña en la buhardilla. La vi, estaba ahí, inmóvil, me miraba. Tenía...
—¿Qué tenía?
—Una especie de mascarilla de cirujano en la parte baja de la cara.
—¿Dé dónde sale esa niña?
—Yo qué sé.
—¿Estás segura, o alucinaste? ¡Como en *El resplandor*! Estamos tan borrachos que hay cosas que se nos escapan...
—Ya os lo dije.
—¿Qué?
—Que no me ibáis a creer.
—¿Y tú, Léa, no viste nada? —la interrogó Julien.
—Acababa de reconocer las gafas de Rima cuando Camille gritó y dejó caer el teléfono.
—¡Mierda! ¿Además, habéis perdido mi iPhone? —Se irritó Julien. ¿Dónde está?
—En la escalera, respondió Camille—. Pero ni se os ocurra abrir la puerta ahora.
—Tengo que saber si está roto o no.
—¿Qué? ¿Ahora? ¿Necesitas hacerte una selfie o qué?
—No me hables así, ¿vale?
—¿Dónde está Mehdi? —preguntó de pronto Léa.
Miraron a su alrededor.
Solo quedaban tres.

34.

Buscaron a Mehdi en el primer piso por todo pasillo y llamándolo por su nombre.

—Quizás ha decidido ir por su cuenta —las tranquilizó Julien.

—Sí, claro, igual que los demás —ironizó Léa.

—Si ese fuera el caso, nunca habría dejado la palanca detrás de él —afirmó Camille.

—¿Qué ha dejado?

Camille mostró el arma, que había levantado del suelo.

—Es una palanqueta —rectificó Léa.

—¡Me importa un pito cómo se llame!

—¿Dónde la encontraste?

—En el despacho.

—Eso quiere decir que Mehdi desapareció en el escritorio.

—¿Y cómo desapareció? Solo hay dos ventanas y las dos están cerradas desde dentro.

Léa volvió al recibidor y se inclinó sobre la barricada de tablas que obstruía el acceso a la escalera.

—Quizás pasó por encima —calculó Léa.

—¿Pero por qué se habrá ido sin decirnos nada? —preguntó Julien.

La mirada de Léa alternó entre la palanqueta en la mano de Camille y la barrera de madera delante de ella.

—Por la misma razón que nos hizo caer del altillo. Por miedo.

—¿Miedo de qué? ¿De una niña pequeña? Entonces estamos en plena película de *El resplandor*, atrapados por las mellizas Grady, ¡joder! ¿La que vio Camille no vestía por casualidad un vestido azul con un lazo rosa bebé, zapatitos de charol negros y calcetines blancos?

—¡Para, me asustas! —lo cortó Léa.

Se estremeció, se frotó los hombros y volvió al despacho donde Camille acababa de refugiarse para recuperar su teléfono y tranquilizarse un poco. Cogió los dos libros dedicados a las misteriosas manifestaciones de Col de Vence y se instaló al lado de su amiga en el diván.

—¿Qué haces? —preguntó Camille.

—Trato de entender.

—¿Crees que la respuesta está en esos libros?

—Las caídas de piedras dentro de una casa y las apariciones extrañas, en principio, están en estos libros.

—Vale, pero primero tenemos que ir a un lugar más seguro que este escritorio. La puerta está destrozada.

—Tienes razón, vamos a encerrarnos en una habitación con llave.

—Propongo el dormitorio principal. Podemos recostarnos y hay un baño.

—Buena idea.

—Yo tomo la palanca, además del martillo.

Informaron a Julien y se instalaron los tres en el dormitorio, después de cerrar con llave y empujar una cómoda contra la puerta. Camille intentó de nuevo encontrar cobertura apuntando el teléfono en todas las direcciones, insultó, se colocó auriculares en los oídos, eligió una canción y se recostó en la cama, dejándose acunar por las voces de Pharrel Williams y Katy Perry, con el ritmo alegre de Calvin Harris.

Well nothing ever last forever, no
One minute you're here and the next you're gone

Léa se sentó en el sillón con los dos libros abiertos sobre las rodillas y se esforzó por hacer coincidir el contenido con la realidad a la que se enfrentaban. Julien la observaba.

—Puedo entender por qué Miss Mishima se muere por ti —dijo.

—¿Quién?

—Manon. Tu faceta intelectual, la nariz entre los libros, fan de Shakespeare...

—Te equivocas. Además, ¿cómo podría ella conocer mis gustos?

—Parecía conocer bien tu sensibilidad.

—Ya... —confesó Léa concentrándose de nuevo en la lectura.

Julien miró su reloj. Pasaban unos minutos de la una de la mañana.

—Todavía nos quedan diez horas hasta que llegue la madre de Camille.

35.

—¡Escuchad esto! —exclamó Léa.

Estaba consultando *Les mystères du Col de Vence*, anotado por el abuelo de Quentin. Julien se había recostado al lado de Camille, que se había quedado dormida sobre él. Aunque nada sexual podría pasar entre ellos, compartían una profunda amistad. Eran como hermanos, en parte por su gusto compartido por todo lo bello, lo refinado y lo femenino en el arte. Él levantó la cabeza para hacerle ver a Léa que tenía al menos dos orejas que la escuchaban.

—Mientras cena en un restaurante con sus amigos del Col de Vence —leía Léa— un hombre deja a sus dos perros en el automóvil. Al terminar la comida, ¡comprueba que han desaparecido! Sin embargo, las puertas siguen cerradas, y las ventanillas apenas abiertas no les habrían permitido escapar. El vehículo no tiene ninguna marca sospechosa. El hombre está muy afectado porque conoce bien a sus chuchos. Con sus amigos, organiza una búsqueda que no conduce a nada. Difunden la descripción de los perros. ¿Y sabes qué?

—Estaban borrachos —respondió Julien.

—Nada que ver.
 Encuentran a los perros a unos quince kilómetros del restaurante. Se mantienen juntos, pero nadie puede acercarse, salvo su amo. Los dos animales están sanos y salvos, pero totalmente desorientados.
 —¿Hubo otras desapariciones de ese tipo?
 —Dicen que aunque las desapariciones misteriosas de objetos son corrientes en Col de Vence, esta de animales era la primera.
 —¿Cuándo fue?
 —En 1994. En principio, no ha habido otra después.
 —Los teletransportaron.
 —Te ríes, pero eso es lo que dan a entender aquí. Explican que todo sucedió con estos perros como si hubieran sido desmaterializados para luego ser rematerializados en otro lugar.
 —¡No! ¿En serio?
 —Espera.
 Léa dio vuelta una página y siguió con su explicación.
 —Ese proceso ya fue observado con los OVNIs, que alternan fases de visibilidad e invisibilidad. De hecho, habría diferentes niveles de materialidad. La desmaterialización de los cuerpos de esos perros correspondería a un nivel de densidad inferior a Mat 6.
 —¿Mat 6? ¿Qué quiere decir eso?
 —No sé... Pero los estudios sobre los OVNIs establecen que no existe ninguna interacción entre las diferentes dimensiones, al menos entre nuestro mundo material denso y ese al que los perros fueron transportados. Durante su desmaterialización, los perros pasaron a otro espacio-tiempo donde el automóvil en que estaban encerrados ya no existía.

—¿Y con qué fin harían eso?
—Primero, hay que definir qué o quién haría eso.
—¿Extraterrestres?
—Es lo que parece que tratan de deducir ciertos especialistas, como el abuelo de Quentin, que redactó estas notas. Lo que les sucedió a estos perros fue provocado por entidades que dominan la materia. Además, supuestamente, en otras partes del mundo, hay humanos que han sufrido desapariciones igualmente inexplicables.

Julien tarareó algunas notas de la música de *Dimensión desconocida* antes de reaccionar:

—Comprendo que los perros no pudieran contar lo que pasó entre el momento en que su amo los encerró en el automóvil y el que fueron encontrados en el quinto pino. Pero las personas que vivieron lo mismo, ¿qué dicen?

—La mayoría dice haber conocido seres de apariencia no humana.

Julien se levantó y escrutó el cielo a través de la ventana. Esperaba ver surgir un triángulo luminoso o sorprender un desembarco de aliens. Creer en cualquier cosa parecía posible aquella extraña noche. Luego, exclamó:

—¡Jack!

36.

—¿Estás loco? —exclamó Léa—. No vas a ir a buscar a tu rata ahora.
—No es una rata, es Jack.
—No le va a pasar nada en la jaula.
—¿Ah sí? ¿Quién te dice que no va a desaparecer también? ¿Y materializarse a quince kilómetros de aquí? No va a haber muchos voluntarios para participar en la búsqueda de una rata en el bosque.
Trató de desplazar la cómoda que obstruía el paso, sin lograrlo.
—¿Puedes ayudarme?
—No.
—Pues despierto a Camille, entonces.
—Joder, qué pesado.
Léa se inclinó sobre el mueble y lo ayudó a liberar la puerta.
—Llévate esto, al menos —dijo ella tendiéndole la palanqueta.
La cogió y abrió la puerta.
—No te preocupes, serán solo dos minutos.

—Voy contigo.
—No dejes sola a Camille.
—¿Podrás pasar sobre las tablas?
—¿Insinúas que no estoy en forma?
Léa le respondió con una sonrisa. Él salió al pasillo.
—Dejo la puerta entreabierta.
—Pero no demasiado.
Julien se adentró en la penumbra del pasillo y desapareció en la esquina. La casa estaba silenciosa. El viento había cesado, la lluvia había perdido su fuerza y dejado de crepitar en la terraza. Julien percibió un ronroneo lejano, que atribuyó al motor del refrigerador en la cocina. Ahí era donde había dejado a Jack, protegido en su jaula. Trepó la pared de maderas clavadas en lo alto de la escalera. Una de ellas, mal asegurada, cedió bajo su peso y lo hizo resbalar hacia el vacío. Soltó la palanqueta, que cayó al suelo produciendo un ruido tremendo, pero por suerte logró aferrarse a la baranda, maldiciendo de todas las maneras posibles.
—¿Estás bien? —gritó Léa.
El ruido de la caída y los insultos habían llegado a ella.
—Sí, estoy bien —la tranquilizó.
Julien se levantó, se sentó en un escalón y levantó el bajo de sus vaqueros. Hizo una mueca al ver el corte que se había hecho en la pantorrilla. Esperó unos segundos para reponerse de sus emociones y bajó al salón. La palanqueta había roto una de las baldosas. Una piedra había hecho estallar el suelo, como caída del cielo. Julien se apretó la nariz, molesto por la peste persistente. ¿De dónde venía ese olor fétido?
Se paralizó al oír un ruido.
Había alguien en el baño.
Vaciló.

Tenía tres opciones: entrar en la cocina para recuperar a Jack, volver corriendo junto a las chicas o ocuparse por el ruido en el baño.

Pensó en sus compañeros desaparecidos y estimó que, si quería hacer algo por ellos, tenía que enfrentar al enemigo. Se armó de coraje y eligió la opción número tres.

Recuperó la palanqueta y se acercó al baño, listo para hundirle el cráneo a la cosa que se escondía dentro. Pegó la oreja contra la puerta. Una especie de crujido, justo del otro lado, le hizo retroceder.

Inspiró y espiró varias veces, tratando de mantener un ritmo cardíaco normal, posó la mano sobre el picaporte, lo bajó lentamente y tiró con suavidad. El ligero chirrido que provocó la puerta al abrirse hizo que los demás ruidos se detuvieran en seco. Miró por la estrecha abertura. No veía nada. Obligado a encender la luz, pasó la mano y arañó la pared unos centímetros hasta alcanzar el interruptor.

La luz inundó el baño. Nada. Abrió la puerta de par en par. Y entonces algo se escabulló entre sus piernas.

—¡Jack! —exclamó.

La rata se escondió detrás del sofá. Julien se precipitó a la cocina. La jaula no se había movido. Estaba cerrada.

«¡Es imposible!», se dijo. Salvo que empezara a creer en todas las historias de dimensiones paralelas evocadas por Léa. Pero, ¿por qué desmaterializar a Jack en su jaula para rematerializarlo en el baño? ¡Era absurdo!

Julien oyó de nuevo un ruido a su espalda. Pero no era Jack. Provenía del comedor, donde habían organizado la sesión de Ouija. Julien tomó la jaula y se apresuró a buscar a Jack, que estaba en el salón. Movió el sofá hacia un lado para atrapar a la rata.

—¡Te tengo!

La rata no se movía. Con la nariz apuntando a su amo, los bigotes temblorosos, lo miraba fijamente. Julien se dio cuenta de que Jack tenía miedo. Temblaba.

—No te asustes, amigo, la desmaterialización es solo un mal momento —bromeó Julien extendiendo el brazo hacia el roedor.

Pero no vio en los ojitos de Jack eso que tanto asustaba al animalito y que se encontraba justo detrás de él.

37.

Camille se dio la vuelta en la cama y abrió los ojos. Le costó un momento comprender que estaba en un dormitorio que no conocía y que estaba sola. Julien se había levantado. Léa no estaba en el sillón.
Se masajeó la cabeza para tratar de disipar la migraña. Había bebido demasiado. Se incorporó con precaución y muchas ganas de vomitar.
—¿Dónde estáis?
Miró hacia la puerta del baño, de donde provenían susurros apagados. Apoyó un pie en el frío embaldosado. El suelo se tambaleó como un barco en plena tempestad. Se aferró a la mesita de noche y se acercó para tratar de captar lo que Léa y Julien murmuraban a sus espaldas.
—... Está totalmente loca... —dijo Léa.
—Su truco de *El exorcista* ya fue un poco raro, pero cuando se puso a reír como una histérica durante la Ouija, realmente empecé a hacerme preguntas...
—Y su historia de la niña en el altillo, ¿te la crees?
—¿Qué te parece? Es como lo demás...
—Da para preguntarse si está chiflada o si...

Léa vaciló.
—¿O qué?
—¿Y si no fuera Camille? —sugirió ella.
—Esta vez, eres tú la que delira.
—He visto tantas películas sobre entidades que ocupan el cuerpo de sus víctimas... Además, en esta región de Col de Vence pasan muchas cosas extrañas.
—Debe haber una explicación.
—Sea lo que sea, ella me da miedo.
—Debemos confiar uno en el otro.
—Te amo, Julien.
—Yo también, Léa.

Lo que acababa de oír terminó de despertarla, y le devolvió la sobriedad. Estaba enfurecida, pasmada. Camille estuvo a punto de abrir la puerta del baño, pero se retuvo a tiempo para escuchar lo que seguía. De todos modos, seguramente se habían encerrado con llave. Percibió roces de ropa, sonidos de succión, gemidos y risas sofocadas. ¡Mierda! Estaban teniendo relaciones justo a su lado, a pesar de que sus compañeros habían sido secuestrados. Además, ¡Julien y Léa! ¡Un marica y una bollera!

Asqueada y mareada, Camille se esforzó por llegar a la cama sin caerse. Prefirió sentarse en el borde más que acostarse, por miedo a quedarse dormida. No debía hacerlo. Sus dos compañeros desconfiaban de ella ahora. Se había convertido en su enemiga.

Tenía que tomar una decisión. Y rápido.

Primero, calzarse para estar lista para huir. Se inclinó hacia adelante para agarrar una de sus Vans, pero sintió náuseas y se irguió enseguida para calmar las arcadas. Escuchó un carraspeo. Eso no venía de la sala de baño. Levantó las piernas en un acto reflejo. Algo se movía bajo la cama. ¿Un animal? ¿Una rata? ¿Jack? Quizás Julien la había recuperado mientras ella dormía.

Se acostó boca abajo sobre la colcha y bajó lentamente la cabeza hacia el suelo. El borde del edredón le impedía ver. Extendió la mano y apartó un trozo de colcha, entonces se deslizó un poco más hacia el suelo. Con el pecho completamente en vertical y la cabeza al revés (posición que no disminuía sus náuseas) miró debajo de la cama.

La niña reptó hacia ella a una velocidad increíble. Camille saltó gritando. ¡Era la misma niña que en el altillo! Se había desplazado como un reptil, con una agilidad y velocidad sobrenaturales. De pie sobre la cama, Camille atrapó una almohada para defenderse. Llamó a Julien y a Léa, pero no obtuvo ninguna reacción de su parte. Sus ojos no se apartaban del suelo, al acecho de otro ataque de la niña.

—¡Joder! ¿Qué eres? ¿Qué quieres?

Creyó escuchar una risa burlona.

—¡Sal de ahí, terminemos con esto!

La niña no se mostraba. ¿Jugaba al escondite?

—¡Léa, Julien, socorro!

Algo le agarró violentamente del pie. Camille se había acercado demasiado al borde de la cama. La niña la atrapó sin salir de su escondite, con un brazo desmesuradamente largo. Camille soltó la almohada para tratar de liberarse. Se dio cuenta entonces de que la mano que la aferraba no era una mano, y que el miembro al que estaba unida no tenía nada de humano…

Camille aulló.

38.

La pobre chica se debatía ante las fuerzas demoníacas que trataban de mantenerla sobre la cama.

—¡Camille, joder, cálmate!

Léa vociferaba, a horcajadas sobre su pecho, lo que quizás no era la mejor solución para calmar a su amiga. Camille se retorcía en todos los sentidos. Giró hacia el costado llevando consigo a Léa e invirtió las posiciones. Esta hizo un movimiento de cadera para hacer pasar a su adversaria sobre su cabeza, pero solo logró hacerla resbalar sobre su cara. Con la nariz en las nalgas de Camille, Léa se asfixiaba e intentó un último recurso. Extendió el brazo hacia los senos de su amiga y le pellizcó el pezón, lo que hizo saltar a Camille fuera de la cama con un grito de dolor. Léa saltó a su vez al suelo. Las dos chicas se encontraron cara a cara, con los rostros enrojecidos y las miradas llenas de odio.

—¡Estás enferma! —gritó Camille masajeándose el seno.

—¿Qué? ¡Me estaba asfixiando debajo de tu culo!

—¡Te me montaste encima!

—¡Estabas delirando, joder! —se justificó Léa.

—¿Dónde está la niña?

—¿De qué hablas?

Camille levantó el borde del edredón con cuidado. No había nadie debajo de la cama.

—¿Qué haces? —preguntó Léa aterrorizada.

—¿Dónde está Julien?

—¿Lo buscabas debajo de la cama?

Camille se precipitó al baño, que estaba vacío. Aprovechó para arrodillarse frente al inodoro y vomitar. Léa se acercó con prudencia a su amiga, y le recogió el cabello sobre la nuca para evitar que se le ensuciara. Intentó razonar y explicarle la situación.

Julien había bajado mientras ella dormía. Iba a recuperar a Jack. Léa no había podido disuadirlo. Julien casi se había caído por las escalera, pero le aseguró que todo estaba bien. Fue el último contacto que tuvo con él. No había vuelto. Lo había llamado sin obtener respuesta. Ya no sabía qué hacer. ¿Ir a buscarlo o quedarse en el dormitorio? Los segundos habían transcurrido en favor de la inacción, justificada además por el riesgo de dejar sola a Camille. De todos modos, si Julien no respondía, era porque él también había desaparecido.

Así que Léa había cerrado la puerta del dormitorio con llave y se había dedicado a leer los libros sobre Col de Vence. Camille balbuceaba injurias en su sueño y cada vez se agitaba más, hasta que se había puesto a aullar y luchar contra fuerzas invisibles. Por un instante, Léa había creído sentir el pavor aberrante de ver a su amiga desmaterializarse. Entonces, se había tirado sobre Camille sin saber realmente si debía luchar contra un enemigo que no veía o contra su amiga que lo imaginaba en una pesadilla. Había tenido que batallar para devolverla a una realidad que había tomado la forma sórdida, aunque casi tranquilizadora dadas las circunstancias, de un inodoro.

—Es la última vez que bebo así —le confió Camille entre dos hipos.

—No creo que tus náuseas se deban solo al alcohol.

Camille se levantó y fue a enjuagarse la boca bajo el grifo.

—No estoy embarazada, no te asustes.

—No he querido decir eso.

—¿Entonces, de qué es el efecto?

—Del miedo, por no hablar de la sesión de la Ouija que te tanto te afectó.

—La Ouija no cuenta.

—¿Cómo?

—Justo antes, mientras bailábamos, Maxime me propuso ser su cómplice para dar crédito a su número de espiritismo. Yo debía mover la gota para formular las respuestas en su lugar y simular una posesión. Lo actué tan bien que nadie dudó nada de mi escena de carcajadas, ni siquiera después de que se divulgara el fraude de Manon. Así que dejé que lo creyeráis.

Camille se secó la cara y volvió hacia Léa para abrazarla antes de que esta reaccionara ante esa nueva revelación.

—Abrázame fuerte.

Léa la apretó contra ella.

—Perdóname —murmuró Camille sobre su hombro.

—¿Y esa historia de la niña también es mentira?

—No, eso va en serio. La vi. Y no era una alucinación ni una pesadilla como la que acabo de tener.

—¿Qué has soñado?

—No quiero hablar de eso.

—Deberías vaciar tu cabeza como has vaciado tu estómago.

—Mejor que no.

Camille prefería guardarse para sí misma la escena absurda entre Léa y Julien que había imaginado en su sueño, así como la irrupción de la niña con mascarilla de cirujano que había vuelto a acecharla. No quería inquietar más a su amiga. El miedo era demasiado contagioso. Todavía quedaban varias horas que resistir y necesitaban todo el coraje de Léa.

Porque ahora eran solo dos.

39.

Léa y Camille se habían acurrucado una contra la otra en la cama de matrimonio, haciendo la cucharita para sentirse más seguras. Léa envolvía a Camille y le acariciaba el cabello.

—¿Estás mejor? —preguntó.

Camille no reaccionó. Léa la estrechó más fuerte y le rogó que aguantara. El aliento de sus palabras le rozó la nuca. Camille se aflojaba poco a poco.

Léa contuvo la risa.

—¿De qué te ríes?

—Estaba pensando que más de la mitad del liceo soñaría con estar en mi lugar ahora mismo.

—¡Tonterías!

—Muchos harían lo que fuera para tener en sus brazos a la más bella del Matisse aunque solo fuera un segundo.

Camille pensó en Maxime, que estaba dispuesto a cambiar quién era solo por ella. Su amigo la había conmovido.

El murmullo de la lluvia que arreciaba en el bosque envolvió nuevamente los otros ruidos de la noche.

—¿Por qué besaste a Manon? —preguntó de pronto Camille.

—¿Qué?
—¿Por qué hiciste eso?
—Está claro que eso os chocó a todos.
—¡Es una chica, joder!
—Nadie nunca me había hablado como lo hizo Manon… Al principio, cuando se me abalanzó para besarme, tuve como un reflejo de rechazo. Como si mi familia, mi profe de catecismo, Quentin, todos vosotros, estuvierais observándonos. Pero luego, vi la manera en que ella me miraba y me desarmó por completo.
—Eres demasiado sensible.
—Lo sé.
—A Quentin no le gustó nada lo que pasó, en cualquier caso.
—También lo sé. Ni siquiera he tenido tiempo de hablar con él de eso.
—¿Lo sigues queriendo?
—Entre nosotros la cosa no va muy bien. Me pone nerviosa. Estoy harta de su lado «youtuber». Nunca quiere que salgamos los dos solos. Siempre tenemos que estar en grupo, como si tuviera miedo de comprometerse conmigo.
—Los chicos tienen siglos de retraso con respecto a nosotras, ese es el problema.
—Creo que nunca deberíamos haber empezado a salir juntos y violar la única regla de nuestra banda. Tú, al menos…
—¡Shhh! —llamó la atención Camille.
—¿Qué?
—¿No has oído nada?
—No.
—Debajo de la cama.
Léa se despegó de su amiga y echó un vistazo rápido. Nada.

—La niña —dijo Camille—. Estoy segura de que nos espía.
—¿La que viste en el altillo?
—Sí.
—Los monstruos no se esconden debajo de la cama, sino en nuestra cabeza.
—¿Piensas que me lo invento?
—No quiero decir eso.
—¡Entonces, piensas que estoy loca! Los demás no han desaparecido de verdad. Están abajo en el salón pasándolo genial. O es que estoy tan borracha que imagino un montón de cosas absurdas. Si es eso, ¡dímelo francamente!
Léa volvió a pegarse a Camille y le murmuró palabras tranquilizadoras.
—No estás loca, solo un poco borracha y estresada. Las dos estamos en una situación que no comprendemos, aunque todavía estamos aquí, vivas, encerradas, pero preparadas para defendernos. Faltan pocas horas para que llegue tu madre. No nos arriesgamos si no nos movemos y si no nos dejamos llevar por el pánico.
—No sé cómo haces para no romperte en mil pedazos —comentó Camille—. ¡Joder, tú eres la más gallina de la banda y ahora tratas de darme coraje a mí!
—Creo que justamente eso es lo que me ha salvado. Como le dice Leartes a Ofelia: «Sed prudente. La mejor seguridad está en el miedo».
—¿Quiénes son esos, Leartes y Ofelia?
—Dos hermanos en *Hamlet*.
—Sí. Pero a mí el miedo me paraliza.
—Úsalo para imaginarte lo peor y pensar cómo reaccionarías en ese caso. A menudo te darás cuenta de que el verdadero peligro es menor de lo que habías supuesto.

—¡Seis de nuestros amigos han desaparecido, además de Clément y Manon! ¿Y piensas tú que el peligro es menor de lo que podemos imaginar? ¿Qué más te hace falta?

—El problema es que no conocemos la naturaleza del verdadero peligro. Ni siquiera sabemos qué les ha pasado, ni quién se los ha llevado.

—No hay nada peor que no saber.

—Cuando era pequeña, mis padres me contaban cuentos a menudo, y algunos me aterrorizaban.

—Qué majos tus padres.

—Pues tenían razón. Los cuentos me enseñaron que se puede superar el miedo de ser atrapado, secuestrado, abandonado, devorado, matado... Y que, en general, las cosas terminan bien.

—Son solo cuentos...

—En los que puedes proyectarte fácilmente cuando eres pequeña. Los cuentos te enseñan a tener miedo, pero también algo esencial: al final, eres capaz carbonizar a la bruja antropófaga que te quiere devorar. Nosotras no somos más tontas que Hansel y Gretel, ¿o sí?

—Pero todo depende del cuento. Si recuerdo bien, a Caperucita, al final, se la come el lobo.

—En la versión de Perrault, sí. Pero en la de los hermanos Grimm, un cazador le abre la barriga al lobo y libera a Caperucita y a la abuela.

—Entonces, solo nos queda esperar a que un cazador venga a salvarnos.

—Caperucita estaba sola y era muy crédula. Nosotras somos dos, y mucho menos ingenuas.

—Mucho menos ingenuas que al comienzo de la fiesta, en todo caso.

40.

Léa y Camille se rindieron a un sueño ligero, mecidas por la ebriedad y el cansancio, pero contrariadas por la angustia de su situación. Léa dormitaba con la nariz hundida en la cabellera rubia y perfumada de Camille, hasta que salió de su sopor alertada por un rayo de luz que atravesó de pronto la ventana del dormitorio.

—¡Hay alguien fuera! —gritó.

Camille se sobresaltó y se irguió como un resorte, pero sin llegar a salir de la cama. Léa ya estaba asomada a la ventana.

—¿Qué ves?

—¡Una luz! Viene del bosque.

—¡Es el cazador! —exclamó Camille, que todavía tenía en la cabeza el cuento de Caperucita Roja—. ¡Llámalo!

Léa vaciló. Pero ¿y si era el que se había llevado a sus amigos? Arrodillada sobre la colcha, Camille exhortaba a su amiga a que pidiese ayuda. Finalmente, Léa abrió la ventana y gritó pidiendo auxilio.

La luz se apagó.

—¡Mierda! Ahora saben dónde estamos —dijo.

—De todos modos, ya sabían que estamos en la casa —argumentó Camille—. Había que intentarlo.

Léa escrutó el fondo del jardín a través de la noche sin luna y la cortina de agua, pero no logró distinguir ningún movimiento sospechosos Justo entonces, un aullido de dolor heló la sangre de las dos chicas.

—¿Qué ha sido eso? —se desesperó Camille, que también los había oído.

Léa cerró la ventana.

—No lo sé —respondió mirando a Camille ,petrificada.

—¡Anda, abre de nuevo! Quizás eran los chicos pidiendo auxilio.

—¿Y? ¿Qué quieres que hagamos? ¿Ir a salvarlos?

—Al menos intentar saber si son ellos, si están vivos…

Léa abrió de nuevo. La oscuridad le devolvió gruñidos, rugidos, bramidos, silbidos, resoplidos, cacareos, gemidos, una serie de ruidos que sugerían un ejército de criaturas vampíricas y extraterrestres a punto de atacar.

—¿Qué son todos esos gritos? —preguntaba Camille ya presa del pánico.

—Creo que es normal.

Léa se aferraba desesperada a una explicación lógica, y atribuyó el alboroto a los animales del bosque, algunos de los cuales eran visiblemente muy ruidosos.

—Había un grito humano —destacó Camille.

—Algunos animales hacen ruidos muy extraños.

—¿Qué sabes tú de eso?

—Cuando voy a casa de mi abuela suelo escucharlos. Ella vive en un chalé, en Suiza, cerca de un bosque. Al parecer, el grito del ciervo y el del erizo se parecen mucho a un aullido humano. Se diría que están degollando a alguien.

Los jabalíes también dan miedo, parece como un monstruo que se acerca a respirarte en la nuca.

—No sabía que eras una experta en lenguaje animal.

Lo que Camille ignoraba es que Léa estaba más capacitada para tranquilizarla que para disertar sobre la vida salvaje.

41.

Léa esperó un rato a que la esfera luminosa volviera a manifestarse, pero los alrededores de la casa permanecían desesperadamente oscuros, húmedos y ruidosos.

—Ven —dijo Camille—. No vas a quedarte de pie junto a la ventana hasta el amanecer.

Léa cerró las persianas y fue a recostarse a su lado.

—Ya hace dos horas que no pasa nada —destacó.

—¿Crees que vamos a salir de esta?

—Creo que tenemos posibilidades, mientras no nos movamos ni cometamos el error de separarnos.

Camille le apretó la mano.

—Tienes razón.

—Al parecer, la *desmaterialización* solo se produce cuando la persona está aislada... ¡Joder, no me puedo creer que acabe de decir esto! Voy a mear, eso me aclarará las ideas.

Léa se dirigió hacia el baño.

Camille quería seguirla, pero desde la pesadilla que había tenido ya no se atrevía a poner un pie fuera de la cama. No conseguía borrar de su cabeza la espeluznante mano de la niña que le agarraba la pierna.

—¡Deja la puerta abierta! —le suplicó.
—Sin problema.
Camille escuchó a Léa bajarse el pantalón, orinar, limpiarse, tirar de la cadena, lavarse las manos… Una sucesión de sonidos tranquilizadores que confirmaban la presencia de su amiga, a la que temía ver desaparecer a cada instante, con una expresión de horror en el rostro.
—¿Todo bien? ¿Sigues ahí?
Sin respuesta.
—¿Léa?
—¿Qué?
—¿Sigues ahí?
—Sí, no te preocupes. Solo estoy mirando la cara que tengo en el espejo. Parezco un espantapájaros.
—Seguramente si no nos han atacado ya es porque nosotras también damos miedo.
—¡Bien, eso es! —exclamó Léa reapareciendo en la habitación—. Has recuperado el sentido del humor. Es buena señal.
—Uso el método de Maxime.
Camille sintió una punzada en el corazón al pronunciar el nombre de su amigo.
—¿Puedes mirar debajo de la cama? —le pidió entonces a Léa.
—¿Otra vez?
—Necesito ir al baño, pero tengo miedo.
Léa se inclinó para comprobar que no había nadie. Se le cruzó la idea de gritar simulando haber visto a la niña, pero se contuvo. El momento no se prestaba y, además, faltaba un público que riese. Se contentó con recorrer el suelo con la mirada para tranquilizar a su amiga. Sin embargo, algo llamó su atención desde la otra punta de la cama, una forma oblonga que no llegaba a identificar.

—¿Qué es eso?
—Para, me quieres gastar una broma —gimió Camille acurrucándose.
Léa se levantó y rodeó la cama, después de haberse desviado hasta el sillón para agarrar el mango de picota.
—¿Qué haces? —se angustió Camille.
—Nada.
—Entonces, ¿qué haces con eso?
—Nunca se sabe.
—¿Qué has visto? Joder...
Léa se acercó con precaución al lado izquierdo de la cama. Tanteó con la punta del mango por debajo del sommier. Aunque no hubo ninguna reacción, se enardeció y agitó el palo de madera hasta toparse con algo blando. Levantó el edredón con un gesto brusco.
Era la almohada.
Se había caído hacía ya un rato, durante su lucha con Camille. La levantó y la tiró sobre la colcha.
—¡Casi me matas del susto! —suspiró Camille.
—Pero si eres tú, con tus historias de...
Un ruido en el pasillo le impidió terminar la frase.
—¿También lo has oído? —preguntó Camille.
Léa caminó de puntillas hasta la puerta de la habitación y apoyó la oreja contra la madera. Ruidos de pasos. Cercanos y rápidos. Como si alguien corriera por el pasillo.
¡*Teketeketeketcketekeleke!*
—Está en la casa —susurró—.
Camille miraba la puerta fijamente, aterrorizada.
Léa retiró la llave de la con precaución y miró por el agujero de la cerradura. La luz del pasillo estaba encendida. Sin embargo, Léa recordaba haberla apagado. No se distinguía gran cosa aparte de la pared opuesta del pasillo. Una

sombra oscureció de pronto su estrecho campo de visión.
Léa se apartó conteniendo la respiración y haciendo señas a Camille para que se mantuviera en silencio. Dejó pasar unos segundos y miró de nuevo a través de la cerradura.

Un ojo la observaba.

Más pasos en el pasillo indicaban que alguien, o algo, se alejaba corriendo.

¡*Teketeketeketeketeketeketeke*!

Definitivamente, las habían localizado.

42.

Las tres de la mañana. Desde aquel ojo aterrador en la cerradura y los pasos en el pasillo, las chicas no habían vuelto a ver ni oir nada más. Sin poder aguantar más, por fin Camille había corrido al baño, escoltada por Léa. Después, habían empujado la cómoda hasta la puerta y habían vuelto a la cama en la que se habían ocultado detrás de un muro de cojines y almohadones, armadas con el martillo y el mango de picota.

—Estoy segura de que están preparando algo —sospechó Léa.

—¿Te estás imaginando lo peor? Es eso, ¿no? ¿Qué podrá ser?

—Lo peor sería que atravesaran las paredes o que rompieran la puerta. Pero, si lo piensas, todas las desapariciones se han producido sucesivamente, cada vez que alguno de nosotros se quedaba solo. No sé por qué, pero así ha sido desde el principio. Uno por uno.

—¿Adónde quieres llegar?

—Me refiero a que no pueden llevarnos a las dos al mismo tiempo. Por lo tanto, van a hacer todo lo posible por separarnos.

Léa reflexionaba en voz alta porque el silencio pesaba demasiado. Además, eso le ayudaba a tranquilizar a Camille.

—Conclusión: no nos movemos de aquí. Si ponemos un pie afuera, nos arriesgamos a que nos alejen a una de la otra, y entonces habrán ganado.

—Pero y si nos atacan, ¿qué hacemos?

—Repito: no nos movemos. Si fueran capaces de venir a por nosotras, hace ya mucho tiempo que no estaríamos aquí.

Unos golpes contra la puerta las sobresaltaron.

—¡Nos atacan! —exclamó Camille.

—Bueno, es tranqulizador. Significa que no atraviesan las paredes.

Los golpes tenían la regularidad de un metrómeno. Pero la puerta resistía.

También golpeaban contra los postigos.

—¡Estamos atrapadas! —dijo Camille.

Léa se levantó con resolución y fue a abrir la ventana.

—¡Joder! ¿Qué haces? —se alteró Camille.

—No quiero morir ignorante. Quiero saber a qué o a quién nos enfrentamos. ¡Voy a identificar a esa puta bruja caníbal que quiere comernos!

Léa empujó violentamente las contraventanas que golpearon contra la fachada, y se encontró a solas ante la negra y fría noche.

—No hay nadie.

—¡Estoy alucinando!

Dentro, seguían golpeando contra la puerta.

¡Bang!... ¡Bang!... ¡Bang!... ¡Bang!... ¡Bang!

Léa se inclinó hacia abajo y calculó una caída de tres metros hasta las baldosas de piedra del suelo. Si se sujetaban al reborde de hierro forjado de la ventana, podrían reducir la altura y dejarse caer sin romperse una pierna. Pero eso implicaba también que, durante unos segundos, Camille y ella estarían separadas. No podían arriesgarse. Léa se dio la vuelta y le pidió a Camille que la ayudara a mover la cómoda.

¡*Bang!*... ¡*Bang!*... ¡*Bang!*... ¡*Bang!*... ¡*Bang!*

—¿Qué vas a hacer? —se inquietó Camille.

—Vamos a abrir.

—¿Qué? ¿Estás loca?

—Ha bastado con abrir la ventana para que los golpes se detuvieran. Puede que funcione también de este lado.

—¿A qué juegas, Léa?

—¿Tú sabes qué hay detrás?

—No tengo ni idea.

—Precisamente. Ni siquiera sabemos qué aspecto tiene. Nunca hemos visto a nadie.

—Sí, yo vi a la niña. Existe.

—¿Le hablaste? ¿La tocaste?

—¡Estaba en el altillo, te lo estoy diciendo! Vale, la segunda vez fue una pesadilla, es cierto. Pero no la primera.

—Bueno, pues vamos a abrirle a esa niña. ¿Qué podemos perder? Dos chicas grandes como nosotras contra una niñita. ¿Tenemos alguna oportunidad, ¿no?

¡*Bang!*... ¡*Bang!*... ¡*Bang!*... ¡*Bang!*... ¡*Bang!*

—¿Y si tiene poderes?

—En todo caso, el único poder que parecer tener es el de de darnos miedo. Vamos, ayúdame.

¡*Bang!*... ¡*Bang!*... ¡*Bang!*... ¡*Bang!*... ¡*Bang!*

—¡Muévete! —ordenó Léa a su amiga petrificada.

Por fin, Camille salió de la cama, apoyó las manos en el borde de la cómoda y empujó. Una vez liberada la puerta, Léa introdujo la llave en la cerradura sin hacer ruido. Luego, la giró lentamente en el sentido de las agujas del reloj. Camille agarró el picaporte con una mano y levantó el martillo con la otra.

—Me voy a mear encima —dijo.

Léa también levantó el mango de picota sobre su cabeza, preparada para golpear a la primera niña que apareciera en el umbral.

Camille giró el picaporte y abrió la puerta.

43.

No había nadie.

—¡Estaba segura! —exclamó Léa. Eso actúa en las sombras. Nunca se deja ver.

—Has dicho «eso»...

—¿Y?

—...como el monstruo imaginado por Stephen King...

—He dicho «eso» porque no sé cómo llamarlo.

—Un payaso que encarna todos nuestros miedos...

—continuo Camille en el mismo tono lúgubre.

Parecía que estaba a punto de desmayarse. Léa la agarró por los hombros y la sacudió.

—¡Eh, Camille! ¡No estás en la historia de Stephen King! Esto no tiene nada que ver. Tú, que le temes a las ratas, ¿has visto muchas que te quieran atacar?

—Sí, a Jack.

—¡Pero era una broma de Julien, joder! No un monstruo con nariz roja que viene a explotar tus fobias para aterrorizarte.

—Tienes razón. Perdóname, estoy desvariando.

Avanzaron hasta el ángulo del pasillo, que se prolongaba en el recibidor. Ya no había ningún ruido en la casa, aparte de la conversación que mantenían para sobrellevar la angustia.

—Juegan con nuestros nervios —dijo Camille.

De pronto, una piedra de origen desconocido golpeó el suelo del salón.

—¿Qué queréis, pedazo de hijos de puta? —gritó Camille.

Se oyó un portazo detrás de ellas.

—¡El dormitorio! —exclamó Camille.

Volvió sobre sus pasos y desapareció en el ángulo del pasillo.

—¡Camille! —gritó Léa.

Corrió tras ella con un miedo atroz. Suspiró aliviada al ver a su amiga delante de la puerta del dormitorio. Movió el picaporte en todos los sentidos.

—¿Cerrada con llave? —le preguntó Léa.

—Sí. Han conseguido desalojarnos.

—Pero no separarnos. No vuelvas a alejarte así. Es precisamente lo que buscan.

—¿Adónde vamos ahora?

—A ninguna parte.

Camille verificó por centésima vez su teléfono: ninguna raya de cobertura, para variar.

—Tengo sed —dijo.

—Vamos a la planta baja. ¿Qué puede pasar, después de todo? ¿No quieren ser vistos? Mejor. Vamos a instalarnos allí donde tenemos más posibilidades de verlos, ¡en el salón! Será nuestra mejor protección.

—¿De qué hablas?

—Fue un error habernos aislado en un lugar cerrado.

Escalaron la barricada de madera que cerraba el acceso al recibidor y bajaron, ahora ya sin tratar de ser discretas.

—Este olor es insoportable —se quejó Camille.

—Me pregunto de dónde viene —dijo Léa mirando a su alrededor.

—Hay que seguir la pista con la nariz, no con los ojos.

Olfatearon, inclinadas para estar más cerca del suelo. El hedor las llevó directamente hacia el ventanal vidriado. Encontraron el origen de la peste detrás de una estatua del David de Miguel Ángel con la cabeza de Darth Vader.

—¡Puaaaajjj! —exclamó Léa asqueada.

—¡Esto sí que asusta! —agregó Camille.

El zócalo de la escultura estaba cubierto de excrementos.

—¿Quién se ha cagado aquí, joder?

—Solo puede ser de un animal.

Y por el volumen de mierda, no fue la rata de Julien.

—¿Crees que un animal grande se esconde en la casa?

—¿Del tamaño de una vaca?

—No lo sé, pero esto parece reciente. El asqueroso que hizo esto no debe estar muy lejos.

Léa escrutó nuevamente a su alrededor y no notó ninguna presencia a su alrededor.

—¿Qué hacemos? —preguntó Camille.

—Saquemos esta mierda de aquí.

La recogieron con una pala de plástico que encontraron en la cocina y la tiraron en el inodoro. Camille tiró además un chorro de detergente.

No lograban deshacerse de la pestilencia que había impregnado su nariz, así que Léa llenó dos vasos con Coca Cola.

—Mete la nariz ahí adentro, eso ayudará —le aconsejó.
—¿No tienes algo más fuerte?
—Me parece que vamos a evitar el alcohol.
—Sí, sabia decisión.
Camille tomó el vaso y aspiró como si fuera un vino de cosecha añeja.
—No sé si hacemos bien en quedarnos aquí —murmuró.
—Mientras no nos perdamos de vista y no nos sorprendan, no arriesgamos nada, te lo aseguro.
Convencida solo a medias, Camille se instaló en el sofá. Su campo de visión abarcaba la cocina, la escalera, el hall y la entrada del comedor. Elevó la vista hacia el recibidor mientras bebía la gaseosa.
Detrás de la baranda de hierro forjado, la niña con mascarilla blanca la observaba.
Camille se atragantó, tosió y escupió la bebida.
—¿Estás bien? —se inquietó Léa.
Camille apuntó con el dedo al primer piso antes de poder emitir una palabra inteligible.
—¡Ahí!... ¡Es ella, ahí!...
Léa siguió con la mirada el gesto de Camille. No vio nada anormal.
—¡Estaba ahí, te lo juro! ¡La niña! ¡Nos vigilaba! ¡No me mires así, joder, no estoy loca!
De pie en medio del salón, Léa miraba a su amiga, desolada.
—Léa, ¿tú me crees, eh…? ¡Léa!
—¡Sí, está bien, te he entendido! Vamos a echar un vistazo.
—¡No, ni se te ocurra!

—Vale, cálmate.

Léa se sentó al lado de Camille, le tomó la mano y se puso a pensar.

—Me quedo aquí —decidió—. Vamos a hacer café. Si nos dormimos, estamos acabadas. Todavía tenemos que aguantar siete horas más.

Fueron juntas a la cocina. Había caído una piedra sobre la máquina de café.

—Vamos a terminar por recibir una en la cara —predijo Camille.

Otra piedra rodó por el salón, como para confirmar su observación.

—¿Qué pasa, es que ahora hay que usar un casco de obra? —se enfureció Léa, dirigiéndose a las paredes—. ¿Eh? ¡¿Eso es lo que queréis?!

—Eso no lo sé —dijo Camille—, pero una camisa de fuerza seguro que vamos a necesitar si nos quedamos aquí. ¡Salgamos de esta casa!

—¿Para ir adónde? No hay nada cerca.

—Sí, la carretera que lleva a Vence. Allí tenemos posibilidades de encontrar un coche.

—¿A las tres de la mañana?

—Si no nos cruzamos con nadie, seguiremos a pie. Hay veinte kilómetros y es casi todo en bajada. Si caminamos rápido, podremos llegar en cinco horas.

—¿Y crees realmente que estaremos más seguras ahí fuera que dentro?

—Mientras sigamos juntas, no corremos riesgos. Tú misma lo dijiste.

Léa vaciló.

—No puedo ir sola —insistió Camille—. Si no, esta será la última vez que me ves. No puedo quedarme aquí y arriesgarme a que me caiga una piedra en la cara, o a encontrarme de nuevo con el fantasma de esa niña. Vamos, decídete. ¡Rápido!

Otra piedra cayó en el primer piso.

—Vale, llevo una botella de agua.

44.

Camille y Léa desatrancaron las tablas con ayuda de la palanqueta, y abrieron la puerta de entrada. Avanzaron por la escalinata y se paralizaron ante los ruidos nocturnos del bosque, que parecían advertirles que no se acercaran.

Por suerte, ya no llovía.

Atravesaron el patio de ripio de la casa y caminaron hacia la carretera, situada al final de un camino que partía el bosque en dos. Cada una de las chicas cargaba una mochila con agua y algunos víveres, como si fueran de caminata.

El sendero estaba rodeado de faroles con sensores solares que iluminaban débilmente el suelo. Un grito estridente petrificó entonces a Léa.

—Tápate los oídos si tienes miedo —le aconsejó Camille, que se había puesto los auriculares.

—¿Qué escuchas?

—Dance. Anula el miedo.

—Pásame uno.

Camille le ofreció el auricular derecho.

We can keep it simple, baby
Let's not make it complicated

—¿Qué es?

—Dimitri Vegas & Like Mike... es de la playlist de *Tomorrowland*.

Camille se reponía, compensando la vacilante temeridad de Léa con una audacia irreflexiva.

Un crujido a su derecha.

Léa le devolvió el auricular a Camille. No era cuestión de privarse del oído, el mejor de los sentidos para detectar el peligro. Ese que no se puede cerrar, contrariamente a los demás.

Ese fue el sentido que le dio, de repente, la esperanza de salvación.

El ruido de un motor.

Se acercaba un automóvil.

Léa tomó el brazo de su amiga y señaló los faros que perforaban la oscuridad. Al segundo de haberlos visto, Camille corrió, liberándose del peso de su mochila y Léa se lanzó tras ella. Por suerte, el conductor no iba tan rápido. Léa trató de alcanzar a Camille, pero la gimnasta se deslizaba como una gacela hacia la luz de la esperanza. La perdió de vista en la curva que formaba el sendero que llevaba a la carretera secundaria.

Léa aceleró, casi se tuerce el tobillo al hundir el pie en un hueco del camino, saltó los charcos hasta la siguiente línea recta, y tropezó nuevamente antes de ver pasar el vehículo a unos cien metros de donde estaba. Léa aulló en dirección del automóvil, que no se detuvo. Un sudor frío le recorrió la espalda. Acababa de perder la única oportunidad de salir de allí. Pero eso no era todo: Camille se había volatilizado.

—¡Camiiiiiillle! —gritó.
No hubo respuesta.

Escrutó la oscuridad del bosque que la envolvía, se acercó a la linde aturdida por sonidos discordantes e inhóspitos, y se aventuró unos metros entre los árboles. Cuando posaba los pies en el suelo quebradizo y embarrado a la vez, sentía que se deslizaban «cosas» debajo de las suelas. Penetraba una vegetación húmeda y cada vez más densa, que la azotaba, picaba y arañaba al pasar.

Léa llamaba a Camille una y otra vez, sin alterar realmente los ruidos a su alrededor. Su voz era un sonido más en un lugar indiferente a su presencia, donde se escondía una entidad demoníaca que solo atacaba a los seres humanos.

Una forma desconocida surgió a su izquierda y la rozó antes de asustarse a su vez por el grito que la chica dejó escapar.

Léa no podía seguir así, buscando a ciegas a su amiga. Iba a terminar encontrándose ante el monstruo y o muriéndose de miedo. Estaba completamente sola y él surgiría de las tinieblas en cualquier momento para llevársela también. Debía tomar una decisión.

¿Seguir la carretera secundaria como había planeado con Camille, o volver sobre sus pasos y esconderse hasta la mañana y la llegada de auxilio?

¿Caminar en la oscuridad a la espera de que se presentara un segundo automóvil o encerrarse en la casa donde habían desaparecido todos sus compañeros?

El mal podía estar en todas partes.

Una vez más, Léa se planteó mil preguntas antes de decidir. Sus padres la calificaban a menudo de indecisa. Ella prefería verse como una versión femenina de Hamlet, que privilegiaba la introspección a la acción, pero que lograba sus fines. Se aferró a esa idea.

Eligió una solución que no era irrevocable. Iba a esperar a un automóvil al borde de la ruta durante unos instantes. Se había dado cuenta de que los ataques se habían espaciado en el tiempo. Según sus recuerdos enredados, los intervalos entre las desapariciones de Mathilde, Quentin y Manon habían sido más cortos. Aproximadamente de un cuarto de hora. Por lo tanto, ella no duraría afuera y sola más de quince minutos. Su cálculo no se basaba en ninguna exactitud, pero era lo único que tenía. Salió del bosque y caminó hacia la carretera secundaria.

Léa se detuvo al cabo de unos metros, paralizada.

¡Estaba ahí!

Aterrorizada, Léa se esforzó por mantener la calma y no moverse, por si acaso ella todavía no la había descubierto. Al final del camino, había una silueta femenina pequeña, vestida con un impermeable amarillo y unas botas rojas. Desde donde estaba, Léa no la veía muy bien, le resultaba difícil calcular su edad. Pero eso no podía ser otra que la niña que Camille había visto en la casa. De pronto, se puso a correr hacia ella.

Esta vez, Léa no se dio tiempo para reflexionar. Escapó corriendo hacia la casa, esperando llegar antes de que aquella cosa se le viniera encima.

45.

Léa cerró la puerta principal con llave al entrar, con la desagradable sensación de que eso no le serviría de nada. Caminó hacia el salón escaneando la habitación con la mirada, temiendo el instante en que la mala suerte la golpearía, en la que el enemigo invisible le caería encima, petrificándola como a sus amigos y llevándosela de la superficie de la Tierra.

¿Cómo utilizar mejor esos últimos minutos de vida, sola en esa casa que no era suya? Descartó la idea de encerrarse, como el miedo la había llevado a hacerlo con Camille. Al elevar la vista al techo, sostenido por gruesas vigas a la vista, vio la biblioteca. Subió la escalera, pasó por encima de las tablas que ahora le parecían ridículas, y se puso a buscar algo que le fuera familiar, algo a lo que pudiera aferrarse. Lo encontró en una antigua edición de bolsillo que reunía tres obras de William Shakespeare. Contenía la obra maestra de todas las obras maestras que había leído más de cien veces: *Hamlet*.

Tomó el libro como si fuera un grimorio sagrado y descendió para instalarse en el sofá del salón con un vaso de vodka en guisa de poción mágica. No le gustaba el alcohol, pero allí, en compañía del sobrino del rey de Dinamarca del que se había enamorado a los 15 años, y con un brebaje embriagador que evocaba las innumerables fiestas pasadas en compañía de sus amigos desaparecidos, Léa estaba en terreno familiar.

Abrió el libro y respiró el aroma tan particular de las ediciones viejas. Hojeó las páginas amarilleadas por el tiempo, releyó sus pasajes preferidos que se sabía de memoria. Escritos cuatro siglos atrás, iluminaban su presente como ese consejo de Hamlet a uno de los cómicos convocados en la escena 2 del acto III: «No exageréis tampoco la moderación; dejad que vuestra propia prudencia os guíe»[13].

Se detuvo luego en la escena 3 del acto IV, cuando Claudio, que busca eliminar a Hamlet, se dice a sí mismo: «Los grandes males se curan con grandes remedios, o no se curan».

Léa también estaba en busca de un remedio grande para deshacerse de un mal que le quitaba toda esperanza.

Fue directamente a la última escena de la obra, donde caen todos muertos como en un final de Tarantino. Justo antes del combate, Hamlet, fatalista, declara a su amigo Horacio: «De ninguna manera. Desafiamos los augurios. Hasta en la caída de un gorrión interviene la providencia. Si tiene que ser ahora, no será más tarde; si no ha de ser más tarde, será ahora; si no va a ser ahora, ocurrirá de todos modos. Estar preparado es todo. Puesto que nadie llega a conocer en absoluto la vida que ha de abandonar, ¿qué importa cuándo se la deja? Que sea lo que deba ser»[14].

La hora de Léa había llegado. Estaba preparada.

---

13. W. Shakespeare, *Hamlet*, Estudio preliminar y traducción de Eduardo Rinesi, Ediciones UNGS, Buenos Aires, 2016. P. 121.

14. *Op. cit.* P. 191.

46.

Léa se despertó sobresaltada. Su sexto sentido la había alertado de una presencia muy cercana. No se movió. Su pulgar había quedado atrapado entre dos páginas de la obras de Shakespeare. El vaso vacío había caído sobre su ombligo descubierto. Un crujido justo enfrente de ella anunció el peligro, pero su mirada atenta no detectó nada anormal en el salón. El enemigo invisible estaba ahí, progresaba sin que ella lo viera. Se tensó ante la amenaza... e identificó el origen del ruido. ¡Jack!

Escondido detrás de un paquete de patatas fritas, el roedor apuntaba su hocico hacia la joven.

Léa consutó el reloj. Su gesto hizo que Jack se esfumara.

Camille había desaparecido hacía ya media hora.

No había sucedido nada desde entonces.

Una extraña sensación se apoderó de ella. ¿Y si se salvaba?

Sería maravilloso, pero ¿qué dirían los demás? ¿Por qué sería la única a salvo? Pesarían muchas sospechas sobre ella. ¿Qué argumentos tendría para justificar su integridad? ¿Quién tomaría en serio su declaración sobre un mal indescriptible, aparte, quizás, de los miembros de la asociación de Col de Vence? ¿Qué diría a los padres de Quentin, que descubrirían su casa completamente lapidada? Sería el blanco de los investigadores y de los medios de comunicación que multiplicarían hipótesis sobre ella, las unas más extravagantes que las otras.

Investigarían su vida.

Descubrirían una chica demasiado emocional y sensible, con gustos extraños, al menos si se piensa en los gustos del común de los mortales que disfrutan de lo que disfrutan todos. Los psicólogos establecerían el perfil de una adolescente que tiene por libro de cabecera una obra escrita en 1603, y en inglés antiguo.

Una adolescente que se apasiona por el trabajo de una artista que realizó un plano fijo de doce minutos de observación de personas normales, a quienes se les pide que abran los ojos ante una pistola que alguien acaba de poner en sus manos.

Una adolescente de aspecto cadavérico y abundante cabellera color fuego, que había sido el hazmerreír de todo el patio de recreo en primaria, y que luego había irritado a todos sus compañeros de secundaria.

Una adolescente de encanto ácido, llena de tanto rencor acumulado que le había forjado una personalidad vengativa.

Una adolescente «poco escolar» y, precisamente por eso, poco dócil, pero dotada para las materias artísticas, sobre todo literarias y plásticas, que la habían propulsado al primer lugar de su clase haciendo la media de asignaturas.

Una adolescente descarada, que un día había amenazado a uno de sus profesores con filmarlo en una *snuff movie*[15] para enseñarle lo que era el arte de verdad.

---

15. Un *snuff movie* es un video que pone en escena una persona que no es actor, a quien se asesina o tortura realmente.

Una adolescente de costumbres muy libres, inestable, que, según testigos, ya no se entendía con su pareja y coqueteaba con una chica todavía más oscura que ella. Las cámaras de seguridad de la casa lo corroborarían.

Una adolescente que publica regularmente en las redes sociales videos de extrañas esculturas que halagan el sentido del tacto, fotos escandalosas regularmente bloqueadas por el algoritmo de Facebook, poesías orgánicas que nunca recibían más que un puñado de *likes*, y comentarios mordaces que erizaban a todos los bien-pensantes.

Una adolescente, en resumen, fuera del cánon, que no hacía nada como los demás y que probablemente reunía ciertos criterios de la psicopatía a ojos de un psicólogo, que definiría una predisposición a pasar al acto: sentimientos de superioridad, problemas de conducta, impulsividad, incapacidad para controlar las emociones, pero con tendencia a retractarse rápidamente para controlar la situación.

Léa podría defenderse fingiendo que numerosos adolescentes tienen ese tipo de perfil, pero le refutarían que ninguno se había encontrado solo al final de una noche en la que habían desaparecido todos sus compañeros de juerga menos ella.

Siguiendo con vida, Léa encarnaba a la sospechosa ideal.

Después de haber titubeado y bebido mucho alcohol, tomó tres decisiones.

La primera fue dejar un testimonio sobre lo que había sucedido en la casa dirigido a quienes la descubrieran vacía. Y decidió hacerlo ya, antes de que ella también desapareciera.

47.

Léa miraba fijamente su reflejo en el espejo. Había subido al primer piso y se había encerrado en uno de los cuartos de baño. Observó su rostro, alterado por la ebriedad, el cansancio y el estrés. Los contornos parecían difusos, pero como el suelo se tambaleaba, lo atribuyó al vodka.

Apoyó el teléfono en la repisa del espejo para filmarse ante su imagen. Seleccionó la función video y contó todos los sucesos de la noche. ¡Una noche de terror! Ya no recordaba bien quién había sugerido la idea. La idea había gustado al pobre Clément, a quien se habían sentido obligados de invitar aquel día. La piedad, a menudo, es mala consejera.

Cada uno había preparado una *performance* destinada a asustar a sus compañeros. Por cada susto, cuatro tragos de alcohol, esa era la regla del juego. Léa no se había esforzado demasiado, pero algunos de sus amigos habían llegado muy lejos, como Mathilde al simular una amputación, Mehdi haciendo de falso yihadista, y Camille poseída por el diablo o por la Ouija. La palma de oro se la llevó Maxime, que había convocado al fantasma de Manon como resultado de una sesión de espiritismo.

En ese momento del testimonio, Léa tuvo que traicionar el secreto de Manon y desvelar el falso suicidio que había preparado para su oral de junio.

Léa no supo decir exactamente a partir de qué momento se había instalado realmente la amenaza y el peligro en la fiesta. Habían saboteado al amplificador de la red telefónica. Los registros de las cámaras de seguridad les habían revelado la desaparición de Clément frente a la casa, aterrorizado nada más llegar. Luego había sido el turno de Mathilde, que había huído despavorida por algo que no se mostraba en las cámaras. Luego, Quentin. Léa recordaba todavía el miedo y el sufrimiento que mostraba su cara antes de que cayera al hueco de la piscina.

Informó de cómo habían caído piedras de diversos tamaños en la casa. Según Quentin, en esa zona se producían fenómenos extraños desde hacía veinticinco años. Había dos libros que trataban el tema. Aparentemente, todas las referencias eran serias.

El monitor del sistema de seguridad estaba dañado, pero seguramente, la policía científica podría recuperar las grabaciones de todos esos hechos.

Léa evocó entonces las desapariciones sucesivas de Manon, Marie, Maxime, Mehdi, Julien y Camille, las esferas luminosas alrededor de la casa, la niña con mascarilla de médico que aterrorizaba a Camille, los extraños ruidos de motor sobre sus cabezas, los pasos rápidos y rítmicos en los pasillos, los golpes contra la puerta y las contraventanas…

¿Las cámaras habrían logrado captar, aunque fuera una décima de segundo, esa presencia enloquecedora que no se mostraba nunca?

Ya solo quedaba una presa de caza en la mansión. Eran las cuatro de la mañana y Léa todavía seguía ahí. Lo que ella acababa de relatar no era mentira ni producto de su imaginación. Es cierto que había bebido mucho, pero decía la verdad. Al menos, eso creía. ¿Cómo estar segura de nada en una noche como aquella?

Tenía que demostrar que no estaba loca, que no era ni una psicópata ni diabólica, a quienes descubrieran su testimonio en video.

Esa era la segunda decisión que había tomado.

48.

Léa agredió entonces su reflejo en el espejo ante el objetivo del iPhone. Era su manera de liberarse del sentimiento de culpa, pero también de ocupar el pensamiento, de permanecer despierta, de no aflojar. Sola, ebria, oprimida, se embarcó en un alegato teatral, sensual, desconcertante, sin caer en la cuenta de que, al intentar demostrar que no estaba loca, desvariaba.

—Sí, soy pelirroja, ¡¿y qué?!

Seguramente, su pelo no era común, empezó por reconocer como preámbulo de un largo monólogo. Sin embargo, ¿era por eso una alienada, o un demonio? Ya en la edad media, se consideraba a las pelirrojas unas brujas. Su cabello color de fuego estaba asociado al infierno y, por lo tanto, al Diablo y a la brujería. A causa de ese detalle, a cientos de miles de pelirrojas las quemó la Inquisición. Una diferencia física justificaba una condena. Una imperfección o una anormalidad constituía el primer indicio de una relación estrecha con el demonio.

¿Solo entonces? Actualmente, los actos anti LGBT parecen cada vez más numerosos, las agresiones antisemitas cada vez más violentas y los *lobbies* cada vez más poderosos y radicales. Una disonancia semántica, de apariencia, sexual o espiritual, en definitiva, una singularidad o diferencia, todavía puede ser motivo para terminar en el hospital o en un tribunal.

Léa examinó su imagen, que encendía el espejo, y enumeró las suyas: una abundante melena naranja que le evitaba tener que disfrazarse en Halloween, pecas desordenadas como las que brotaban en los libros viejos, ojos demasiado claros, intimidantes, labios naturalmente de rojo sangre. ¡Léa podría encarnar el tema del trabajo de fin de año sobre la diferencia!

Víctima del oprobio y del ostracismo, se había inclinado desde muy joven a los casos de brujería y a los juicios que se desarrollaban a propósito de ese tema. Las acusadas debían pasar por dos pruebas para demostrar su inocencia: la del agua y la de la piel.

Se dio un baño. Mientras se llenaba la bañera, buscó un objeto puntiagudo en el botiquín. No había alfiler de gancho ni tijeras. Los padres de Quentin todavía no se habían instalado totalmente en esa enorme casa y todavía faltaban algunas cosas. Léa bajó hasta la cocina para armarse de un cuchillo.

La primera prueba que los jueces de la Inquisición infligían a las mujeres acusadas de brujería consistía en pincharles todo el cuerpo. En efecto, un pacto con el Diablo se sellaba con una marca en la piel que no debía sangrar y era insensible al dolor. Desvestían a la presunta bruja, la suspendían como a una vaca en el matadero, le vendaban los ojos y le clavaban agujas por todas partes hasta encontrar la marca del mal.

Léa se quitó la ropa y procedió a perforarse la piel con pequeñas puntadas de cuchillo, emitiendo cada vez pequeños gritos acompañados por muecas que evidenciaban su sensibilidad. Los lugares en los que había apoyado el cuchillo demasiado fuerte quedaban marcados por pequeñas perlas de sangre.

—Todos los pinchazos me han hecho daño —declaró.

Se dirigía al objetivo de su teléfono móvil como si asegurara su defensa ante sus futuros jueces.

—Como pueden ver, no estoy marcada por el Diablo. Y no me digan, como sus ancestros con toga de magistrado, que cada una de mis pecas representa una relación sexual con Lucifer. Por un lado, serían incapaces de contarlas y por otro, no tengo suficientes años como para haber copulado tanto.

Tiró el cuchillo en el lavabo y orientó el teléfono para captar la vista de la bañera, donde se disponía a meterse. Ya estaba casi llena. Durante la segunda prueba que imponían los tribunales de la Inquisición, maniataban y tiraban al agua a las mujeres pelirrojas. Si se hundían y se ahogaban, se deducía que no eran brujas. Si flotaban, significaba que podían desafiar las leyes de la naturaleza y, por lo tanto, que eran diabólicas. Una vez que la como reconocían culpable, torturaban y condenaban a la hoguera a la presunta bruja.

Léa se acostó en la bañera y se hundió como un yunque, hizo desbordar la bañera, tragó agua, se levantó escupiendo y tosiendo.

—¡QED! —exclamó—. No soy un demonio. ¡Mi alma no está maldita! No decidí la suerte de mis amigos. No desaparecieron por mi culpa.

Se secó, se vistió y tomó el teléfono, que le servía de interlocutor.

—Falta comprobar mi salud mental.

Léa recordaba una prueba de Internet que trataba de determinar si uno podía o no estar loco. La había encontrado cuando acababa de entrar en la clase de orientación en Artes Aplicadas. Todavía no tenía amigos en el liceo. Su soledad y su físico llamativo alimentaban la circunspección o la concupiscencia del resto, según los alumnos. Los profesores y los psicólogos que le imponían sus padres estaban desorientados ante la hipersensibilidad, los soliloquios, la procrastinación, la inconstancia, los impulsos y las veleidades artísticas singulares de Léa.

Había realizado esa prueba en Internet para saber hasta qué punto estaba loca. Había respondido las ocho preguntas que allí figuraban. El resultado informaba que no era como todo el mundo, pero tampoco asocial, ya que sí que se comprometía con ciertas cosas.

Recordaba aproximadamente las preguntas y decidió planteárselas a sí misma para que los psicólogos que encontraran el video se hicieran su propia opinión.

—¿Cuántas veces al día te dicen que estás loca? —le preguntó a su imagen en el espejo.

Dejó pasar unos segundos antes de responderse:

—Diría que muchas veces, pero menos seguido desde que estoy en Artes Aplicadas, y menos aún desde que integro el grupo de Los Ocho.

Continuó con su auto-interrogatorio.

—¿Qué significa «loca» para ti?

—Para mí, es una persona afectada por una enfermedad mental. La locura es una patología muy expandida. Afecta a una persona de cada cinco según la OMS.

—Tercera pregunta: ¿sueles hablar contigo misma?

—Sí, claro. Según los psicólogos, es incluso una señal de inteligencia superior. Es como un seguro. Me permite concentrarme, ver las cosas de manera más objetiva, y también manejar el estrés.

—¿Qué es lo más loco que quisieras hacer algún día?

—Pasar una noche con desconocidos en plena oscuridad.

—¿Eres espontánea?

—A veces. Alterno la espontaneidad con largos momentos de duda y vacilación.

—¿Has utilizado tus pensamientos para sumergirte en mundos imaginarios?

—¿Y quién no ha buscado alguna vez evadirse en un mundo imaginario, a parte de los idiotas felices?

—Séptima pregunta: ¿crees haber dado alguna vez una mala impresión?

—A menudo. Pero espero que no sea el caso en esta auto-entrevista.

—Última pregunta: en este momento, ¿tienes la sensación de que te persiguen?

—Sí, después de la desaparición de todos mis amigos. Es la primera vez que me sucede. Me siento vigilada, amenazada. ¿Por quién? Lo ignoro. Pero tengo miedo.

Miró a su alrededor para concluir:

—Eso es todo, he terminado. Señores jueces, señores sacerdotes y señores psiquiatras, no soy culpable, no estoy poseída, ni loca. Es probable que desaparezca también durante la próxima hora. Espero que este testimonio los ayude a encontrarnos a todos.

Apagó el *smartphone*, quitó el tapón de la bañera para vaciarla y se sentó en el borde.

Solo le faltaba cumplir con la tercera decisión que había tomado: encontrar un mejor culpable que ella para todo lo que estaba sucediendo.

49.

Léa encaró la tarea de revisar la casa de arriba a abajo. Primero, se hizo un té para soportar el cansancio. También, puso música «para anular el miedo», como decía Camille. Seleccionó *Redbone* de Childish Gambino.

Dayligth
Wake up feeling like you won't play right
I used to know, but now that shit don't feel right

Comenzó a poner orden mecánicamente a los trastos de la cocina, pero se dio cuenta de que quizás estaba borrando futuras pistas. Estaba en la escena de un crimen que, inevitablemente, pasaría por el tamiz de los equipos de la policía científica. Se contentó con beberse el té, comerse un *makroud* y echar un ojo en cada habitación como si jugara al escondite, a la espera de ver surgir en cualquier momento a la niña con mascarilla quirúrgica o a un alien cargado de piedras.

La música se detuvo al final de la *playlist* que había seleccionado y la casa volvió a caer en el silencio. Al terminar la inspección del primer piso, se rindió ante la evidencia de que la casa estaba vacía. Ya solo le quedaba revisar la maldita buhardilla.

Evitó tropezarse con las piedras que habían caído por todo el pasillo y subió la pequeña escalera. Su corazón comenzó a latir un poco más rápido. Se detuvo a mitad de la escalera, dudó, y decidió seguir avanzando. Su cabeza surgió por el hueco de la trampilla y Léa sopló sobre el polvo acumulado en el suelo. Encendió la linterna de su iPhone. Las cajas de cartón interceptaban el tímido rayo de luz. Léa llamó al azar.

—¡Hola! ¿Hay alguien ahí?

Su voz se perdió debajo de la estructura del techo antes de devolverle un ruido de roces, que atribuyó a murciélagos. Era inútil insistir y arriesgarse a que un roedor alado se enredara entre sus cabellos. Se aventuró hasta el último escalón, se produjo un crujido y Leá se inmovilizó para reflexionar antes de decidir que, de todos modos, su presencia allí ya no era un secreto.

Se acercó a la primera caja, que visiblemente antes había contenido una impresora láser. Había otras al fondo, de diferentes tamaños, marcadas con rotulador: «Libros de bolsillo», «Ropa de cama», «Ropa de niños», «Zapatos», «Juguetes», «Archivos»… Una estaba completamente vacía. En otra, la inscripción «Álbumes de fotos» despertó su curiosidad.

Quentin había dicho que las fotos de su familia se habían perdido durante la mudanza.

Ahora, Léa estaba ante ellas.

La caja no era muy voluminosa, pero sí pesada. La arrastró hasta la escalera y la deslizó hacia abajo. En el pasillo, retiró la cinta adhesiva y levantó las solapas, dejando ver una fila de álbumes con bordes negros y dorados. Tomó uno al azar. Se trababa de la boda de los padres de Quentin. Pasó rápidamente las páginas ante rostros desconocidos y sin interés para ella. Eligió otro. Comenzaba con el nacimiento de Quentin. Un hermoso bebé rosado que provocaba expresiones de inmensa alegría a su alrededor. Mientras hojeaba el álbum, Léa quedó impactada por la alegría que emanaba de esas fotos. Los rostros que rodeaban al bebé parecían más radiantes que si celebraran el nacimiento del Mesías. Hasta el médico y la partera habían posado orgullosamente con Quentin. ¿Sería que sus padres habían tenido dificultades para tener hijos, tantas como para considerar ese nacimiento como una especie de milagro? Quentin no le había dicho nada al respecto. Era muy discreto sobre su familia, en especial sobre su infancia.

Habían tomado cientos de fotos de él, desde todos los ángulos. Llenaban varios álbumes. Los primeros pasos, la primera Navidad, el primer cumpleaños, los primeros instantes de todo lo que conformaba la infancia de Quentin estaban compilados en aquella caja. Sentada en medio del pasillo, Léa recorrió el pasado de su novio y se sorprendió entonces de que los padres de Quentin nunca posaban con él, sino que se limitaban a roles de figurantes en las fotos.

Se interesó por los otros álbumes que inmortalizaban la juventud de Quentin, que parecía la única estrella de todas las fotos. Surgieron preguntas en la cabeza de Léa. ¿Por qué haber relegado al desván todos esos instantes de felicidad, en medio de ropa vieja y archivos manchados por la humedad y por el tiempo? ¿Por qué Quentin le había mentido sobre la pérdida de esos álbumes, que aparentemente no tenían nada comprometedor? ¿Qué escondían?

A fuerza de reflexionar, Léa llegó a una extraña hipótesis. ¿Y si las fotos traicionaran lo que alguien quiere reprimir? Era como si hubieran centrado el objetivo en Quentin para evitar que se vea otra cosa, algo o alguien que estaba allí, pero cuya presencia debía ser borrada.

Un estremecimiento la invadió incluso antes de que se formulara una idea en su mente, antes de que estableciese una relación entre esa cosa invisible en las fotos y la cosa invisible que vivía en la casa.

Había un monstruo que no se veía en esas fotos. Y era el mismo que habitaba ese lugar.

50.

Léa arrastró la caja por el pasillo, zigzagueando entre las piedras, y se refugió en el dormitorio de Quentin. Su novio todavía no había dormido en esa habitación, pero estaba lista para ser ocupada. Cerró la puerta detrás de ella. Había una llave en la cerradura y la giró para asegurar la puerta. El miedo había vuelto después de su descubrimiento.

Abrió de nuevo los álbumes y buscó algún indicio. Algo debía haber escapado al ojo del fotógrafo, pero no del objetivo, como la silueta cerca de la biblioteca que había capturado la cámara de Marie.

Había encontrado una nueva actividad para ocupar sus pensamientos y las horas que le quedaban por pasar en aquella casa. Desplegó los álbumes en el suelo del dormitorio, se interesó especialmente por los segundos planos de las fotos, escrutó las sombras, los reflejos, las formas sospechosas que habrían podido entrar en el campo del objetivo centrado en el niño sonriente.

Finalmente, su tenacidad fue recompensada.

—¡Joder! ¿Qué es eso?

En la foto, Quentin estaba a punto de soplar seis velas clavadas en una gran tarta de cumpleaños multicolor. Una montaña de regalos cubría la mesa. La composición sobrecargada de la imagen desviaba la atención de un detalle: un reflejo en el vidrio de la ventana abierta detrás del pequeño Quentin.

Se levantó y salió bruscamente de la habitación. Se precipitó al escritorio. Por suerte, los cajones contenían el material apropiado. Encontró una lupa.

Volvió al dormitorio, olvidando cerrar la puerta, presa del mismo entusiasmo que un arqueólogo que hubiese descubierto jeroglíficos en un sarcófago. Pero con un poco más de miedo en el estómago.

Se arrodilló ante el álbum y acercó la lupa al reflejo en el vidrio, detrás del pequeño Quentin a punto de soplar las velas. La imagen agrandada confirmó sus sospechas y la paralizó de terror. La foto no dejaba lugar a dudas: había un monstruo en la habitación donde Quentin festejaba sus seis años. O alguien llevaba una máscara inadecuada, susceptible de espantar a un niño, o se trataba de un individuo horroroso del que se avergonzaban en la familia. El cumpleaños de Quentin no era el día de Halloween, o sea que no había ninguna razón para disfrazarse de monstruo para la ocasión.

La segunda hipótesis le parecía la más plausible: un monstruo, en el sentido médico del término, es decir, un ser vivo que presentaba una importante malformación, había sido invitado ese día.

¿Quentin tenía un hermano mayor?

Era posible.

Eso explicaría muchas cosas. La ausencia llamativa de ese hermano en las fotos familiares. El alborozo de los padres

ante el nacimiento de un bebé «normal». El secreto con el que Quentin había envuelto su pasado. Los álbumes de fotos relegados al desván para olvidar los malos recuerdos inexorablemente ligados a los buenos. La decisión de los padres de ir a vivir a esa residencia aislada...
El monstruo probablemente vivía allí desde su nacimiento. Apartado, en el cobertizo de sus abuelos. ¿El extraño visitante que Quentin había percibido detrás del refrigerador cuando era pequeño podría ser un hermano monstruoso, cuya existencia le escondieron durante su infancia?

Léa llevó un poco más lejos el razonamiento, en voz alta, como para dar más peso a sus palabras. Como en una obra de Shakespeare.

—¡Las cámaras no fueron instaladas para vigilar las obras de arte, sino para vigilar a alguien que vivía aquí y al que se le podía ir completamente la olla!

Ahora el monstruo se había obsesionado con ellos. ¿Por qué? ¿Tendría miedo de todas esas personas que habían invadido su espacio? ¿Se habría tomado en serio sus farsas aterradoras? ¿Lo animaba un deseo de venganza? ¿Qué había hecho con sus compañeros después de aterrorizarlos? ¿Los secuestraba? ¿Los había matado, enterrado vivos?

Elevó la mirada hacia la puerta entreabierta. Sin embargo, ella la había dejado abierta de par en par. Se enderezó bajo el efecto de la adrenalina.

Alguien había tocado la puerta.

Alguien la había observado sin que ella se diera cuenta.

Salió del dormitorio, lista para enfrentar al monstruo.

No encontró a nadie fuera, pero llamó su atención una forma extraña al final del pasillo. Acurrucada en la oscuridad, esa figura producía un gemido sordo. Léa vaciló, como de costumbre. ¿Recluirse o huir? No tuvo tiempo de decidir. En el momento en que la cosa se desplegó, ya era demasiado tarde.

¡*Teketeketeketeketeketeketeketeketeketeketeketeketeketeketeketeketeketeketeketeketeketeketeketeketeketeke!*

La niña terminó su carrera rítmica delante de Léa, paralizada.

—¿Soy guapa? —preguntó la niña con una voz suave sofocada por la mascarilla quirúrgica que le tapaba la mitad del rostro.

Ninguna respuesta salió de la boca abierta de Léa.

—¿Soy guapa? —repitió la pequeña.

—¿Quién eres? —exhaló finalmente Léa.

—¿Soy guapa, sí o no?

—Eh... sí —respondió.

La niña se quitó la mascarilla.

—¿También así?

Tenía la boca abierta hasta las orejas, deformada por una enorme hinchazón.

El miedo desestabilizó a Léa, tan violento y doloroso como una descarga eléctrica. Sus músculos la abandonaron. Se derrumbó en el suelo, incapaz de reaccionar. Entrevió la sonrisa demoníaca que caía sobre ella antes de hundirse completamente en la oscuridad.

Sintió que la maniataban y la levantaban del suelo. Estaba ciega y paralizada, pero lo oía todo. Con la cabeza hacia abajo, sintió que la transportaban fuera de la casa, con la atroz impresión de que no le quedaba mucho tiempo en este mundo.

Segunda parte
LOS NUEVE

51.

El domingo por la mañana, la madre de Camille estacionó frente a la casa de Quentin a las once en punto. Estelle Souliol nunca se retrasaba. Sobre todo cuando se trataba de ir a buscar a su adorada hija. Le había encomendado a su marido la delicada misión de vigilar la cocción de la pierna de cordero y recibir a los miembros de su familia, que estaban invitados al almuerzo dominical.

El cielo seguía nublado y había dejado de llover provisoriamente. Estelle observó con admiración la arquitectura del cobertizo remodelado, que no había podido apreciar la víspera. Hasta que la puerta de entrada, abierta de par en par, interrumpió su contemplación. Esquivó una piedra enorme que había rodado hasta el felpudo y entró en la casa anunciando su presencia. No obtuvo ninguna respuesta, y descubrió entonces espantada el desorden reinante en el interior de la casa, además del pesado silencio fúnebre. Encendió su teléfono y constató que no había cobertura.

Después de inspeccionar cada habitación, salió de la mansión y llamó a su hija y sus amigos en dirección al bosque. Quizás los jóvenes habían salido a pasear, aunque no era para nada su estilo eso de levantarse temprano para ir a caminar por el bosque. Tampoco obtuvo ninguna respuesta.

Subió a su automóvil temblando y rehízo parte del camino en dirección a Vence. Apenas su teléfono mostró las barras de señal de cobertura, se detuvo en el arcén e intentó en vano comunicarse con su hija. Dejó un mensaje furioso en el buzón de Camille y contactó con la madre de Marie, a quien conocía bien. Esta no tenía más información que Estelle, pero no parecía demasiado preocupada por la situación. Según ella los jóvenes ya eran «mayores». Además, eran ocho, y nada podía pasarles estando juntos.

Trató de no transmitir toda su inquietud a la madre de Marie y llamó a los padres de Quentin. Estaban en Milán y no tenían idea de lo que podría haber pasado. Tenían previsto un vuelo de regreso el día siguiente y no podían adelantarlo. El padre de Quentin aconsejó a Estelle que llamase a la policía.

Y ella lo hizo de inmediato.

52.

Menos de quince minutos después de la llamada de Estelle Souliol, los vehículos de la policía invadieron la propiedad de los padres de Quentin, que finalmente habían conseguido adelantar el regreso y estaban en camino.

El descubrimiento de todas esas piedras dentro de la casa recordó al inspector Sevrant las investigaciones de su asistente Kléber, que se había jubilado llevándose consigo sus historias de OVNIs y fenómenos paranormales.

De pie, en el jardín, bajo un nuevo aguacero, el inspector contemplaba aquella construcción que parecía desafiar las leyes de la arquitectura y que se había tragado a ocho adolescentes.

Unos ladridos lejanos, entrecortados por numerosos pitidos de silbatos, lo arrancaron de sus reflexiones. Su *walkie-talkie* chisporroteó:

—¡Los perros han olido algo, inspector! —anunciaba el subinspector Dolfi en el aparato.

—¿Dónde están?

El inspector esperaba una respuesta que no llegaba.

—¿Dónde está usted, Dolfi?

—.... ¡Planicie del Diablo!... *Crrrrrrrrrrrrr...*
Las interferencias se mezclaron con la conversación.
—Subinspector, ¿me escucha?
—*Crrrrrrr...* ierda! ¿Qué es eso?... *Crrrrrr...*
—¡Subinspector, sea más claro!
—*Crrrrrr....* Será mejor que vea usted mismo... *Crrrr...* Voy a buscarlo.

Jan-Paul Sevrant avanzó bajo la lluvia hacia la linde del bosque, al encuentro del subinspector. Guiado por los ladridos, atravesó los verdes robles, sobre un suelo salpicado de rocas grises. Desembocó en la garriga. El subinspector Dolfi corría hacia él.

—¡Por aquí, Inspector! —le soltó, antes de volver sobre sus pasos.

Estaba agitado, más por la emoción que lo asaltaba que por haber corrido.

Sevrant lo siguió sin preguntar. Era inútil pedir el punto de vista de Dolfi sobre algo que él estaba a punto de ver por sí mismo.

El agente tomó un sendero que descendía hacia un pequeño valle. Se detuvo para retomar el aliento y comentar lo que señalaba con el índice hacia abajo.

—La Planicie del Diablo —dijo.

—Ya no se llama así —rectificó el inspector—. Ahora es la Planicie de los Ídolos.

—Los jóvenes están ahí.

—¿Qué?

—Hemos encontrado a dos. Maniatados, con una cinta adhesiva en la boca y una bolsa en la cabeza.

Sin tardar, retomaron la marcha hacia ese lugar sorprendente, constituido por formaciones geológicas insólitas y extrañas, a veces casi humanas, que representan rostros infantiles, como de indios o de africanos. Algunos defendían que ese sitio, en plena región de fenómenos paranormales permanentes, era un lugar de encuentros con extraterrestres. Los más racionales explicaban esas esculturas por la erosión de la roca calcárea, según un proceso químico natural de la lluvia, del viento y del dióxido de carbono. Las excavaciones habían revelado galerías subterráneas muy profundas, en las que nadie osaba aventurarse.

El subinspector Dolfi precedió al inspector por un laberinto de piedras fantasmagóricas distribuidas en la garriga, que se elevaban hacia el cielo negro. Los ladridos resonaban a través de ese misterioso dédalo. Al doblar detrás de un monolito, que se parecía a la cabeza de una tortuga, se encontraron con el subinspector Lambert, que hablaba con una adolescente confundida.

—Se llama Marie Radisson —declaró Lambert al inspector.

—Estaba acostada allí —agregó Dolfi señalando una anfractuosidad en la roca que había protegido a la víctima de la lluvia—. ¡Y tenía esto en la cabeza!

Dolfi recogió una bolsa de plástico blanco y se la presentó con delicadeza al inspector. Había sido perforada en varios lugares para permitir que Marie respirara. Habían escrito «Foto» con rotulador negro en uno de los lados.

—¿Foto? —se sorprendió Sevrant.

—Hay otro joven un poco más lejos —informó Lambert—. Quentin Grosserand. También estaba atado y amordazado, como incrustado en un lápiz más agujereado que un colador, con una bolsa en la cabeza que tenía escrito «Arquitectura».

Los perros seguían ladrando a su alrededor.

—Los testimonios de los dos estudiantes son más bien confusos —informó Lambert—. Lo que sabemos es que eran diez en total. Todos del último año de Artes Aplicadas del Liceo Matisse.
—¿Diez? La señora Souliol nos dijo que eran ocho.
—Algunos invitados sorpresa, probablemente.
—¡Por aquí! —gritó alguien.

Se precipitaron a través de un laberinto de «calles» bordeadas por franjas calcáreas, que evocaban una aldea de la sabana africana. Esa era una de las razones por las que ese lugar se conocía también con el nombre de «aldea negra». Alcanzaron a uno de los agentes y su perro, que acababa de descubrir a un tercer estudiante: Maxime Cohen, maniatado debajo de una roca con forma de esfinge. La palabra «Música» aparecía escrita con rotulador negro en la bolsa que le había cubierto la cabeza.

El estudiante contó una versión de los hechos tan extravagante como las de Marie y Quentin. Habían sido sorprendidos uno a uno por una niña disfrazada con una mascarilla quirúrgica. Esta les habría preguntado si era guapa antes de quitarse la mascarilla, que escondía una boca cortada a cuchillo hasta las orejas. Luego, los había paralizado antes de cubrirles el rostro y traerlos hasta aquí.

—¿Paralizado?
—En mi opinión, no bebieron solo limonada —dedujo Dolfi.
—¡Control de alcoholemia y prueba de saliva para todo el mundo!

Descubrieron a Mehdi Achour en una cavidad en forma de guerrero masai. La bolsa que le había cubierto la cabeza mostraba la palabra «Videojuegos».

—Muy extraño. Todas estas rocas alrededor... —comentó Dolfi— Se diría que nos observan.

Sevrant desestimó esa observación incongruente y se concentró en la víctima siguiente, Mathilde Liotard. Había pasado doce horas sobre un tapiz de hojas en una minigruta kárstica. También estaba atada de pies y manos. Había logrado quitarse de la cabeza la bolsa que tenía escrita la palabra «Pintura».

Luego, los perros llevaron a los policías hasta Camille Souliol, inmovilizada bajo un arco de piedra. Apenas le quitaron la cinta de la boca, la estudiante preguntó si Léa los había alertado.

—¿Por qué Léa? —se sorprendió Sevrant.

—Ella era la única que quedaba después de mí.

—Todavía no la hemos encontrado. ¿Recuerdas lo que sucedió?

—Era de noche, yo corría hacia la carretera para parar un coche cuando vi a una... niña. Llevaba un impermeable amarillo y una mascarilla sobre la boca. No sé qué sucedió, todo fue muy rápido, pero sentí un dolor agudo, no podía moverme, como si la niña me hubiera hechizado. Me demayé... Me pusieron esta bolsa en la cabeza y me trajeron hasta aquí.

En la bolsa estaba escrito «Danza».

Mientras avanzaba con los indicios, los testimonios y las pruebas de reconocimiento, Sevrant construía su hipótesis. Los jóvenes se habían reunido, entusiasmados ante la idea de asustarse mutuamente. La fiesta había degenerado a causa de un fuerte consumo de alcohol y de marihuana, sumado al ambiente de espiritismo y la creatividad fértil de los adolescentes. La parálisis se debía seguramente a una pistola eléctrica, pensaba el inspector. La descarga de

50 mil voltios de una *taser* paralizaba momentáneamente el sistema nervioso de la víctima, que perdía de inmediato el control de sus músculos y caía como una masa. Aunque habría que encontrar el arma para saber más.

—Hemos localizado a otro —anunció Dolfi.

El subinspector corría en todas direcciones para informar al inspector en tiempo real. Este lo interceptó a través del laberinto de piedras.

—No sé qué tenían en la cabeza estos jóvenes, pero se divirtieron a lo grande —comentó Dolfi.

—En eso está en lo cierto, subinspector, se divirtieron a lo grande.

Un adolescente estaba sentado a la entrada de una pequeña caverna en la cual había sido escondido. Tenía la misma mirada perdida de los demás.

—¿Cómo te llamas?

—Julien Ponge.

—¿Qué inscripción llevaba él?

—«Cómic».

—Solo nos faltan tres, entonces.

Poco después fueron liberados Manon Cayolle y Clément Bourdon, escondidos en unas cavidades insólitas creadas por la erosión. Las respectivas bolsas que cubrían sus cabezas mostraban las palabras «Literatura» y «Cine».

Clément era el que peor estaba. Había pasado casi 17 horas atado en un agujero demasiado estrecho para su tamaño. Un animal de aliento ronco se le había acercado para olfatear sus pies. Clément acusó a los otros jóvenes de haberle tendido una trampa. Lo había recibido en la mansión una niña desfigurada. El miedo lo había hecho huir. Un fuerte dolor en la espalda lo había inmovilizado cuando recobraba el aliento a la entrada de la propiedad. Trataron de tranquilizarlo informándole de que sus compañeros habían sufrido la misma suerte que él.

Manon Cayolle parecía más contrariada por haber sido descubierta que maniatada, lo que despertó muchas sospechas sobre ella. Para explicar su conducta, tuvo que confesar la simulación de suicidio que había logrado hacer creíble en el liceo. Una farsa «artística» que no había generado investigación alguna porque su propia familia ni siquiera estaba al corriente.

Léa Mestre fue la última que descubrieron en una de las numerosas excavaciones de la Planicie de los Ídolos. La bolsa que le tapaba la cabeza llevaba la etiqueta «Escultura». Como los demás, la joven atestiguó la presencia de una niña extraña y haber sufrido un impacto al encontrarse con ella. Mencionó la pista del hermano escondido de Quentin. El inspector encargó de inmediato al capitán Scordatto que verificara la información.

Los diez adolescentes fueron evacuados del lugar para que los atendiera una unidad de cuidados y una célula de psicólogos.

El inspector dejó a su vez la Planicie de los Ídolos y volvió a lo alto del valle para apreciar la vista de conjunto del sitio.

—Es demasiado artístico —juzgó.

A su lado, Dolfi le preguntó qué entendía por eso. En ese mismo instante, la voz de Scordatto brotó del *walkie-talkie*.

Como de costumbre, el capitán daba pruebas de su gran eficiencia. Ya se había informado acerca del hermano de Quentin, al que aludía Léa Mestre. En efecto, la madre de Quentin había dado a luz a un bebé que sufría malformaciones. Lo había conservado por convicción religiosa y con la esperanza de que la medicina sabría tratar su minusvalía. Pero surgieron complicaciones que impidieron que su hijo pudiera ser operado. Este había crecido apartado del mundo en el cobertizo de sus abuelos, efectivamente. Quentin nació apenas unos años más tarde.

—Les aseguro desde ya —concluyó el capitán— que ese individuo no puede haber agredido a los jóvenes anoche.

—¿Por qué?

—Porque murió hace dos años.

—Gracias, capitán —dijo Sevrant.

Reconfortado ante esa información, retomó la vista de la ciudad mineral de la Planicie para tratar de darle un sentido a toda esa puesta en escena. Todas las víctimas estaban en el último año de Artes Aplicadas, llevaban en ellas la inscripción de la disciplina artística que les correspondía mejor, y habían sido dispuestos sabiamente en un lugar conformado por esculturas de piedra.

—Es como si hubieran querido crear una obra de arte...
—dedujo Sevrant.

—¿Eh? —gruñó Dolfi.

—El autor fue uno de ellos.

La revelación del falso suicidio puesto en escena por Manon y explotado por Maxime para hacerle jugar el papel de fantasma ya le daba una idea de lo que podía hacer un puñado de alumnos creativos y ociosos.

—¿Uno de los diez jóvenes? —se sorprendió Dolfi.

—¿Escuchó lo que dijeron sobre su intención de asustarse mutuamente y toda esa apuesta entre ellos? Hay uno que superó a todos los demás. Se incluyó en la escena con sus víctimas para no ser descubierto. De todos modos, no podía volver a Vence. Ninguno de ellos está en edad de conducir.

—¿En quién piensa?

—Solo hay una manera de saberlo.

—¿Cómo?

—Preguntando a cada uno de ellos lo que planeó para aterrorizar a sus compañeros.

53.

Descubrieron dos marcas de pinchazos en el torso de Quentin. A diferencia de los otros jóvenes, que habían recibido el contacto directo de la *taser*, a Quentin le habían disparado con dos dardos eléctricos. La policía científica se lanzó de inmediato en busca de los papelitos que debía haber dejado la explosión del cartucho de nitrógeno comprimido de la pistola al disparar los dos electrodos. El análisis de esos papelitos permitiría identificar el origen del arma. También confiscaron los videos de las cámaras de seguridad.

No hubo que lamentar traumatismos físicos como consecuencia de la brutal y breve parálisis del sistema nervioso de las víctimas. El agresor había llevado a cabo las descargas eléctricas a través de la ropa, evitando así las quemaduras. Solo Quentin conservaba la huella de los anzuelos, que le habían provocado una rotura muscular. En cuanto al impacto psicológico, provenía más del miedo que habían experimentado antes de ser capturados que de las horas de oscuridad pasadas en los huecos de las rocas con bolsas agujereadas en la cabeza.

Los diez adolescentes reconocieron haber bebido mucho y delirado considerablemente, pero todos aseguraban haber sido aterrorizados por una niña, desfigurada por una boca abierta hasta las orejas. Los registros de las cámaras de seguridad confirmaban el terror de las víctimas, pero no aportaban pruebas sobre la existencia de esa misteriosa pequeña, que no aparecía en ninguna imagen.

También hablaban de criaturas invisibles, de desmaterialización, de caídas de piedras en la casa, de esferas luminosas, de ruidos de motor. El asistente Kléber reapareció entonces para dar su opinión sobre esos fenómenos desconcertantes, propios de la zona del Col de Vence.

Después de haber leído los testimonios, el inspector Sevrant los interrogó personalmente, uno por uno, y les planteó la pregunta que le quemaba la boca: «¿Qué habías imaginado para aterrorizar a tus compañeros la noche del sábado?»

Todos respondieron de manera precisa.

Salvo Clément.

54.

Cuando uno es culpable, siempre termina delatándose de algún modo. Lo que varía es el tiempo que a los demás puede tomarles desenmascararlo. El inspector fue rápido. Por suerte, porque personalmente yo no veía la hora de confesar. No hice todo eso para que mi obra fuese anónima. Simplemente, quería hacer durar un poco más el miedo que les había encajado a Los Ocho.

Contrariamente a sus bromas, que solo los habían asustado mientras duraba la actuación, mi estratagema aterradora seguía produciendo efectos dos días después. La investigación, los interrogatorios, las sesiones de psicología profundizaban en mis compañeros la angustia de no saber lo que les había sucedido.

Al final, yo, el paria, el Gran Inútil, como me llamaban, les demostré quién era el verdadero jefe. Los dejé pasmados a todos. Más que ninguno, yo merecía pertenecer a ese grupo.

Desde que comenzó el año, siempre los tenía delante de mí, mostrándome la más despreciable indiferencia o, en el mejor de los casos, la burla. Sin embargo, yo quería ser parte de ellos, yo también quería brillar como ellos. Era como esos pobres que, aunque pisoteados por los ricos, sueñan con volverse como ellos. O como esos artistas malditos desdeñados por la elite, pero deseosos de integrar ese club. Era imposible que me invitaran a sus fiestas de *beerpong*, donde se divertían en grande. A lo sumo, yo soy el tonto al que invitan a una cena de imbéciles. Así que, cuando hablaron de la idea de una noche de terror, aproveché la oportunidad que se me presentaba. Como aficionado al cine de terror y las leyendas urbanas, iba a mostrarles que estoy a la altura de su creatividad en materia de espanto.

Si quería impactar a todo el mundo, empezando por Los Ocho que me tomaban por un idiota inútil, luego a mis padres, que me tratan de holgazán, y también a mis profesores, que me han estado animando a cambiar de especialidad, mi participación debía ser tremendamente aterradora, creativa y artística.

Pero para participar, primero debía ser invitado. Se me ocurrió de inmediato la idea de prometer cincuenta euros a Kevin y a Alex para que insultaran al grupo y me permitieran intervenir en su defensa. Hoy me pregunto si esa puesta en escena improvisada sirvió de algo. En realidad, creo que la banda cedió a mi pedido por la peor de las razones: lástima. Pero ya no me importa, el miedo que les metí durante días borró ese sentimiento.

Tenía tres semanas para prepararme. Fui tres veces a la mansión del Col de Vence en *scooter* para preparar el terreno. Pasé horas estudiando el lugar, la casa, las cámaras de seguridad y la Planicie de los Ídolos, donde decidí que iba a «fosilizar» y exponer a mis sujetos al estilo de Abraham Poincheval encerrado en su roca. El profesor me iba a adorar.

Trepé al techo con la escalera de la obra, retiré algunas tejas y aguijereé la cubierta de madera para acceder al altillo. Introduje las piedras que había reunido sobre el muro a medio levantar. Circulaban historias sobre fenómenos extraños en el lugar, como la de piedras que caían del cielo. Iban a servirme, sobre todo, para distraer la atención cuando me desplazara por la casa.

También me llevé dos cuerdas, cinta adhesiva y bolsas de plástico. Estudié bien en Internet la manera de atar los pies, las manos y los codos de mis prisioneros, y cómo hacer después un nudo en la espalda para mantener sujetas todas las partes del cuerpo. Así no tendrían ninguna posibilidad de salvarse. Fui entrenando a Lili, mi hermanita de doce años, aunque parece que tuviera diez. Contrariamente a mí, es muy menuda para su edad.

Lo más difícil fue conseguir que colaborara conmigo la noche del sábado. Ella era indispensable para llevar a cabo mi proyecto. A cambio, le compré una *Nintendo Switch* y le prometí hacerle los deberes hasta el fin del curso. Les conté a nuestros padres que la llevaría a una fiesta de disfraces y que ella dormiría en casa de mis amigos. A Lili le encanta disfrazarse, lo que encajaba a la perfección. Y también le gusta hacer bromas.

Solo faltaba ver cómo me las arreglaría para que ella no se asustara mientras esperaba sola en la buhardilla. Le había instalado *The Legend of Zelda* en la consola, ideal para conectarla con ese ambiente. Lili es una fanática de ese juego. Además, estábamos conectados por la red *mesh* a través de la aplicación FireChat[16]. Le hablaba regularmente para

---

16. La red *mesh* permite comunicarse cuando ninguna forma de comunicación es posible. Los teléfonos se conectan entre sí a través de un emisor *Bluetooth* o por el sistema wifi. Los aparatos situados a unos diez metros uno del otro se reconocen y crean una minired local provisoria y autónoma. Para lograrlo, basta con descargar una aplicación como FireChat.

tranquilizarla, mantenerla despierta y advertirle de cuándo debía intervenir.

El día D, subí a Lili al *scooter* y condujimos hasta el Col de Vence. En la mochila tenía una pistola *taser* para inmovilizar a mis víctimas. La compré en Internet. Ahora todo se puede encontrar en Internet. Si se hace difícil, está la Dark Net.

Instalé a Lili en el desván. Vacié una caja de ropa, con la que armé un nido cómodo y blando para que ella se acostara.

Encontré excrementos de animales en el bosque y tuve la idea de depositarlos más tarde a los pies de la estatua del *David Vader*, para sugerir que había un animal salvaje en la casa.

Luego, esperé a que todos llegaran. Bajo el ojo de la cámara de seguridad de la escalinata, comencé por simular mi desaparición.

Dejé que se asustaran entre ellos y que se emborracharan. Así sería más fácil neutralizarlos después. Aproveché que estaban en la cocina para sabotear el amplificador de red telefónica. No quise hacerlo demasiado temprano para no alarmar a nadie, sobre todo a los padres.

Lili estuvo magnífica. Me informaba la posición de los demás, me abría la puerta cuando la cerraban con llave y, sobre todo, interpretó a la perfección su papel de fantasma, siguiendo nuestros múltiples ensayos. Captaba la atención de mis víctimas asustándolas mientras yo me deslizaba por detrás de ellas para lanzarles la descarga eléctrica.

Maquillé súper bien a Lili. Me inspiré en muchas leyendas japonesas. Son las que más me aterrorizan. Quería que Lili se desplazara en forma rítmica como Tek-tek, la mujer cortada en dos por un tren. Lili se las arreglaba muy bien. Le pinté la cara de Kuchisake, la mujer de la sonrisa atroz. La leyenda dice que Kuchisake, a la que su marido celoso había agrandado la sonrisa con una navaja, se había transformado después en un espíritu maligno que erraba de noche con unas tijeras. Una mascarilla quirúrgica le tapaba la boca. Kuchisake preguntaba siempre lo mismo a sus víctimas: «¿Crees que soy guapa?» Según la respuesta, mataba o hacía un rasguño en el rostro de su interlocutor.

¡Cómo se aterraban cuando Lili les preguntaba eso! ¡Yo me moría de la risa! Estaban tan estresados y borrachos que logré aproximarme sin que me vieran y meterles directamente 50 mil voltios en el cuerpo. Bastaba con esperar a que uno de ellos estuviera solo.

Solamente con Quentin tuve que utilizar los anzuelos, porque estaba demasiado lejos. Si me acercaba más, hubiese entrado en el campo visual de la cámara de seguridad. Lo tenía a más de cinco metros de distancia en el jardín. Apreté el gatillo de la pistola eléctrica, que propulsó los electrodos a una velocidad de 50m/s. Conectados a los alambres, los anzuelos podían atravesar un espesor de ropa de 5cm. Al contacto, la pistola liberó una descarga que paralizó inmediatamente el sistema nervioso de Quentin. Al caer, se resbaló hasta el fondo de la piscina. Como tuve que bajar a buscarlo y eso me llevó algo más de tiempo, él ya se había recuperado un poco. Me vi obligado a descargarle un extra para inmovilizarlo del todo.

Los pocos segundos de parálisis me permitían ponerles una bolsa en la cabeza y maniatarlos. Después, los deposité en distintos lugares en función de dónde donde los había sorprendido, esperando a poder transportarlos en una carretilla, uno por uno, hasta el sitio de mi exposición. Mathilde, Quentin y Camille terminaron respectivamente bajo una lona, en un cuartito y en el bosque. Manon y Marie en el altillo, y Julien en el sótano. Los más difíciles fueron Maxime y Mehdi, a quienes había atrapado en el pasillo del primer piso. Maxime era el más peligroso, porque tenía el fusil. Tuve que ocuparme de él sin hacer intervenir a Lili, por miedo a que le disparara. Evacué a esos dos chicos por la ventana de un dormitorio, frente a la que había colocado una escalera, y los llevé al bosque.

Una vez que neutralicé a Léa, comencé con mis idas y venidas entre la casa y la Planicie de los Ídolos. Un trabajo largo y agotador, inherente a la creación de toda obra de arte que se respete. Dispuse cuidadosamente mis nueve sujetos en medio de las rocas esculpidas por la naturaleza. Tomé fotos y un video del conjunto con mi *smartphone*.

Varias veces estuvimos a punto de ser descubiertos, en el sótano y en el altillo. Por suerte, en un momento crucial, un murciélago hizo huir a Quentin. En otro momento, casi logran identificarme en una foto que había tomado Marie. Cuando solo quedaban tres de ellos, la cosa comenzó a ponerse difícil. Desconfiaban. Tuve que inventar estratagemas, como liberar a la rata de su jaula o tirar piedras contra las ventanas. Al final, necesitaba hacer salir a Camille y a Léa para separarlas.

Yo siempre estuve enamorado de Camille, de su belleza, de su manera de moverse, de nunca presumir a pesar de ser una muñeca perfecta. Soy consciente de que nunca se va a enamorar de mí, pero, al menos, ahora me va a mirar cuando yo también integre la banda.

Léa me dejó mudo a lo largo de toda la noche. Su comportamiento me intrigaba. Hablaba sola. Grabó en su iPhone un testimonio detallado de lo que había sucedido y un alegato bastante extraño, por si acaso la creían culpable de las desapariciones. Incluso descubrió que Quentin tenía un hermano deforme, criado en el más absoluto secreto. Léa creía que era él quien los estaba atacando.

A fuerza de espiarla, Léa casi me descubre. Lili se había dormido en el altillo y yo dudaba en despertarla. Cerca de las cuatro de la mañana, decidí sacarla de su sueño para que cumpliera su última operación. Le planteó la famosa pregunta a Léa, entre dormida y despierta. Pobre Lili, ya estaba harta de esa noche de locos. Apenas le dejé tiempo a Léa para que respondiera. Un golpe de la *taser* y cayó redonda.

La gran sorpresa de la noche fue que eran nueve y no ocho. Conmigo, éramos diez. Había bautizado a mi proyecto de fin de año «Las nueve musas». Tuve que cambiarle el nombre. Lo llamé «Las diez artes».

1. Arquitectura
2. Escultura
3. Pintura
4. Música
5. Literatura
6. Danza
7. Cine
8. Foto
9. Cómic
10. Videojuego

Hice un repertorio en función del arte que nos define mejor a cada uno. Me atribuí el séptimo, aunque soy menos experto en eso que Marie. Solo conozco las películas de terror. Son las que me producen más emociones, las que me distraen más de la vida real.

Una vez que coloqué a los nueve «artistas» en sus lugares, en la Planicie de los Ídolos, llevé a Lili a casa. Entramos discretamente y la aleccioné bien para que, a la mañana siguiente, les contara a nuestros padres que me había pedido volver a dormir en su cama.

Luego, volví solo a la mansión. Hice una copia de los registros de video y me guardé el *smartphone* de Léa. Antes de las 8, dormí un rato en la habitación de huéspedes. Alrededor de las 10, fui a la Planicie de los Ídolos. Mis compañeros no se habían movido. Me instalé en un agujero muy incómodo antes de atarme. Además de que eso me serviría durante la investigación, quería demostrar a todos que era parte del grupo. Que era como ellos. Había logrado asustarlos más allá de lo que se podían imaginar. ¡Mucho más que Maxime con el fantasma de Manon! Yo era digno de su creatividad.

Todo eso fue lo que le dije al inspector Sevrant cuando me desenmascaró en su oficina.

—¿Eres consciente de que lo que hiciste es un delito grave? —me preguntó cuando terminé mi declaración.

—El objetivo era asustar a los demás, traspasar los límites de nuestra creatividad —argumenté.

—Tus compañeros no hicieron nada ilícito, salvo Manon, que deberá explicar su situación a sus padres y al liceo. ¿Sabes que atar a alguien con una cuerda es ilegal? ¿Pensaste en lo que tuvieron que soportar durante horas?

—Reconozco que fui muy lejos, pero me mostré digno del reto.

—¿Qué reto?

—Asustar a los demás.

—Los padres de tus compañeros van a presentar demandas, sin duda.

—Es un riesgo que quería correr. Piotr Pavlenski lo tomó durante su última *performance* artística: lo enviaron a prisión.

—¿Qué hizo ese señor?

—Le prendió fuego a la fachada de una sucursal del Banco de Francia.

—¿Quieres hacer eso también?

—No. Yo solo quería aterrar a mis amigos. Quería ser parte de la banda.

Convocaron también a mis padres. Exigieron que me disculpara ante mis compañeros y sus familias. Los de Manon habían descubierto con estupor, además de esta historia, que su hija se había hecho pasar por muerta sin que ellos lo supieran.

También se convocó al director del liceo para que explicara el contenido de ciertas clases administradas por nuestro profesor de arte contemporáneo.

El inspector Sevrant trató de presentar el asunto como una fiesta de estudiantes que terminó mal después de una serie de desafíos estúpidos, en el que se mezclaron mitos, leyendas urbanas, alcohol y fantasías paranormales, organizada por un puñado de alumnos creativos, ociosos y ávidos de celebridad.

Pero eso no fue nada.

Lo único que importa es que ninguno de mis nueve compañeros manifestó rencor contra mí. Al contrario, estaban impresionados por mi audacia y mi inventiva. Incluso presionaron a sus padres para que no presentaran ninguna denuncia.

Solo me impusieron un psicólogo y terapia.

Esta novela es la versión detallada de mi declaración. Figuro en tercera persona a lo largo de todo el relato, como mis compañeros. El *smartphone* de Léa, con sus confesiones, y la copia de los videos de las cámaras de seguridad me han ayudado a contar lo más detalladamente posible todos los acontecimientos de aquel famoso fin de semana. Confieso haber recurrido, a veces, a mi imaginación para dar más veracidad al relato.

Este será el soporte explicativo a mi obra «Las diez artes», completada con fotos y con el video que grabé durante la puesta en escena de mi exposición. Concluiré con apenas cinco palabras:

La diferencia es un valor.

Y también, como epígrafe, citaré a Kurt Cobain:

«Ellos se ríen de mí porque soy diferente, yo me río de ellos porque son todos iguales».

EPÍLOGO

El mes de junio llegó rápido, los días eran más largos, las faldas más cortas y el examen oral que marcaba el fin del año de estudios por fin había llegado. Todo el asunto de «la noche de terror» de Col de Vence había sido archivado, y los acontecimientos de la fiesta quedaron relegados a un consumo excesivo de alcohol y la imaginación desatada de una banda de adolescentes.

Clément había salido del anonimato para convertirse en el chico más temido, es decir el más popular, del liceo. La mayoría lo consideraba un desequilibrado, a diferencia de sus nueve víctimas, que no hacían sino aclamar su creatividad. Eso era lo único que le importaba a Clément. Había alcanzado su objetivo. Por fin era parte de la banda, que se había rebautizado «Los Nueve», ¡solo por él!

A Manon la habían invitado a unirse para formar «Los Diez» pero la incorregible marginal se negó categóricamente a integrar un grupo, aunque estuviera conformado por sus nuevos amigos, entre los que se encontraba Léa, con quien salía desde entonces.

Manon y Clément iban a sesiones de terapia en las que una psicóloga trataba de inculcarles el sentido de la realidad y de hacerles tomar conciencia de las consecuencias de sus actos.

El día del examen oral, Clément entró al liceo con un nudo en el estómago. Se cruzó con la sonrisa de Camille, que fue a su encuentro para darle un beso. El corazón de Clément latió aún más rápido. No habría faltado a un solo día de clases solo para llegar a vivir ese instante mágico que iluminaba su vida cotidiana.

—¿Te presentas por la mañana? —le preguntó ella.

—Sí, y me duele el estómago.

—¡No tanto como a mí cuando me encontré a tu hermana en el altillo!

—Lili también se asustó cuando la sorprendiste.

—¿Está bien?

—Tranquila. Le he prometido llevarla al concierto de Ariana Grande.

—¿Habláis de conciertos sin mí? —exclamó Maxime, acercándose a ellos toda velocidad.

Besó en la boca a Camille y chocó las manos con Clément. Maxime había adelgazado y retomado el deporte, en detrimento de la comida y de la guitarra. Un sacrificio que lo había vuelto casi tan fornido como Clément, pero, sobre todo, lo había propulsado a los brazos de Camille, para gran disgusto de la competencia. Sin embargo, Maxime no había abandonado el póker ni la esperanza de lograr que a Camille le interesara ese juego.

—Sí, pero no es para ti —le respondió ella.

—Salvo cuando Ariana Grande da un concierto en beneficio de las víctimas del atentado de Manchester e invita a Liam Gallagher.

—Vi ese concierto en la tele, con mi hermana —dijo Clément.
—No tienes buena pinta hoy —observó Maxime.
—Presenta su proyecto —explicó Camille.
Maxime miró la carpeta que Clément tenía en la mano.
—¿Tu novela?
—Sí.
—¿Has cambiado los nombres?
—No. ¿Hubieras preferido que los cambiara?
—Bueno, es que si cuentas los hechos tal como sucedieron, vamos a quedar como unos idiotas. Una banda de adolescentes espantados por una niña que se pintó la sonrisa del Joker, ¡qué vergüenza!
—Aunque cambie los nombres, todos sabrán que se trata de vosotros.
—Mientras no se publique ni lo lean mis padres, todo bien —advirtió Camille—. Bastante me costó convencerlos de no presentar cargos contra ti.
—Gracias, Camille —balbuceó Clément, rojo como cada vez que ella lo defendía.
—De nada, Clem, al contrario. Tu puesta en escena nos hizo darnos cuenta de que éramos unos novatos en el horror. Mi baile Sadabuki no fue nada al lado de tu mujer Kuchisake. Estoy contenta de haber vuelto a mi idea de vestido de novia de papel higiénico.
—¡Hola, campeones! ¿Todo en orden? —soltó Mehdi, acercándose.
Lo acompañaban Julien y Quentin.
—Tengo el oral ahora —informó Clément.
—Bueno, entonces somos dos —replicó Mehdi, menos estresado que él.
—El mío es el jueves —señaló Julien.

—¿Satisfecho con tu cómic? —le preguntó Clément.
—Todavía no. Espero terminarlo a tiempo.
—¡Ey, tíos! Tampoco va a presentar la Capilla Sixtina —exclamó Mehdi—. A mí me llevó dos días chapucear mi presentación.
—Lo tuyo era fácil. Ya tenías el material y el talento de un vendedor nato.
—No sé si debo tomármelo como un elogio.

Gracias a Clément, que había conservado una copia, Mehdi había recuperado el video en el que amenazaba a sus compañeros con una pistola de fogueo. Le había agregado una banda de sonido para que pareciera que les exigía aprender de memoria un poema sufí.

En ese momento, los alcanzó Mathilde. Había cambiado la idea de tatuarse el cráneo por la de plasmar con stencil dibujos de la Mona Lisa de todos colores en el capó de un automóvil, que había encontrado en un depósito de chatarra.

La seguían de cerca Léa y Manon, que venían de la mano. Léa había dejado a Quentin por la chica rebelde depresiva y gótica, que parecía haberle tomado de nuevo gusto a la vida y relegado al olvido su falso suicidio. En efecto, Manon había decidido presentar una obra menos original y mórbida, inspirada en el botiquín de Damien Hirst[17]. Su botiquín estaba repleto de libros que había pintado en dos colores.

Al ver a Léa, Quentin había hundido la nariz en su *smartphone*. Desde el asunto de Col de Vence, había perdido la novia y el sentido del humor. Su separación de Léa, el

---

17. La obra de Damien Hirst, llamada *Berceuse-Printemps*, es un botiquín que contiene seis mil píldoras pintadas a mano. Fue subastada en 14,4 millones de euros en 2007.

hecho de haber perdido el control de la fiesta organizada por él en su propia casa y las revelaciones sobre su difunto hermano monstruoso, cuya existencia había escondido a sus amigos, todo eso había contribuido a distanciarlo del grupo. Ahora se dedicaba principalmente a su canal de YouTube.

—No quiero meterte presión —le dijo Maxime a Clément—, pero ¿crees que tienes derecho, realmente, a presentar esa novela?

—¿Y por qué no? El caso está cerrado, ¿no?

—Lo cerraron porque no hubo denuncias.

—Y no las hubo porque negociamos mucho con nuestros padres —precisó Léa—. Te recuerdo que, para que mi padre retirara la denuncia, tuve que eliminar el consolador de mi video.

—¿Qué pusiste en la mano de tus cobayas?

—Un billete de quinientos euros.

—¿En serio?

—¿Si no era la pistola ni el consolador, qué me quedaba? La pasta.

—Las tres cosas que hacen girar al mundo: poder, sexo y dinero —subrayó Manon.

—Conseguí reacciones increíbles por parte de los chicos que filmé. ¿Te das cuenta de que algunos no habían visto jamás un billete de quinientos euros? Incluso algunos creían que era una moneda extranjera.

—¡Ey! —exclamó Maxime—. Os recuerdo que yo también tuve que negociar mucho con mis padres para que no llevaran a juicio al tonto de Clément. Aunque te odié a muerte, tío.

—Igual que yo —agregó Quentin frotándose mecánicamente el pecho—. ¡Sobre todo por la *taser*!

Quentin había aceptado presentar su proyecto de plano de casa de soltero, a cambio de que sus padres borraran los desbordes de la noche de terror.

—¡Escuchad, gallinas! —exclamó Mathilde—. De todos nosotros, yo fui la que estuvo más tiempo atada. Y os puedo asegurar que no fue nada al lado de un día sin moverse, tendida en una mesa de operaciones y haciéndome quemar la piel con una aguja.

—Cada uno se divierte como puede —ironizó Julien.

—Lo divertido está en el resultado —declaró Mathilde.

Ella levantó sin pudor su remera de Queens of the Stone Age para exhibir el tatuaje de un pulpo cuyos tentáculos se prolongaban en sus bragas, entre sus senos y por su espalda. Un piercing en el ombligo representaba el ojo del animal.

—¡Guau! —exclamó Clément abriendo grandes los ojos.

Era el único de la banda que nunca había visto el tatuaje.

—No conocía ese piercing —comentó Julien.

—Normal, es de la semana pasada.

—¿No asusta a los … en fin, a…? —balbuceó tímidamente Clément.

—¿A mis amantes, quieres decir? No, al contrario, los excita. Tienen el privilegio de ver el pulpo completo.

Le guiñó un ojo y se bajó la camiseta.

—Vosotros os quejáis —intervino Manon—, pero yo perdí mi estudio y me obligaron a volver con mi madre y su mierda de novio.

—Lo lamento —dijo Clément.

—No te preocupes, gané en el total —lo tranquilizó mientras deslizaba la mano por la espalda de Léa.

Le dio un beso en el cuello a su novia, lo que la hizo estremecerse.

—Es lo que digo —insistió Mathilde—: ¡Lo que cuenta es el resultado! Como tu libro, Clément, tiene que valer la pena. Tráenos la mejor nota de todos, si no vamos a lamentar haberte defendido.

—¡Los Nueve van a arrasar! —exclamó Mehdi.

—Preferiría que fueran Los Diez —recalcó Léa, pegada a Manon.

—No, yo sigo marginal, incluso entre los marginales —replicó Manon.

—Por ahora, tengo la impresión de que hemos vuelto a ser Los Ocho —ironizó Camille mirando fijamente a Quentin, absorto por su iPhone.

El timbre del liceo señaló el comienzo de clases y la inminencia del examen de Clément.

—No os preocupéis —declaró este—. Voy a hacer la presentación de inmediato. ¡Y creedme, el profesor no la olvidará nunca!

Vieron a Marie correr hacia ellos casi sin aliento, tarde como siempre.

—¡Esperadme, chicos! —les gritó.

Kevin y Alex la miraron cuando pasó ante ellos, pero sin dirigirle la palabra.

— ¿Qué? ¿Queréis una selfie conmigo? —los interpeló.

—No, gracias —respondió Kevin.

Esa vez, Clément no les había pagado para molestar al grupo. Marie siguió su camino hasta sus compañeros.

—Quería desearles buena suerte a Clément y a Mehdi —anunció.

—Gracias —dijo Clément.

—Tranquila —confirmó Mehdi.

—Clément, contamos contigo para que nos traigas la mejor nota —le advirtió Marie.

—Es lo que acabamos de decirle —le aclaró Mathilde.

—Mathilde tiene un piercing en el ombligo —le informó Julien.

—¿En serio? ¡Enséñamelo!

Mathilde accedió al pedido sin hacerse de rogar.

—¿Terminaste tu trabajo sobre Chaplin? —le pregunto esta con el vientre al aire.

—Sí. ¡Guau!

Caminaron hacia la valla del liceo, Quentin los seguía, un poco al margen. Clément se le acercó. Hundió la mano en su mochila y sacó un *pen drive* que tendió al estudiante malhumorado.

—Para ti —declaró.

—¿Qué es?

—Un regalo. No sabía si dártelo, pero creo que podrás darle un buen uso.

—Eh… Sí, gracias. ¿Pero por qué ahora?

—Tengo la impresión de que mi intervención en Col de Vence cambió las cosas en el buen sentido para la banda, pero no para ti. Quisiera redimirme.

—No tienes nada que ver con mi separación de Léa. Además, la historia de mi hermano tenía que salir a la luz algún día. Esa fue mi salida del armario.

—Creo que te va a gustar —confió Clément señalando el *pen drive*.

—Vale, ya te contaré.

Clément y Mehdi se separaron del grupo para dirigirse a la sala donde se desarrollaba el examen oral.

«¿La diferencia es una riqueza?» Clément repasaba en su mente el tema del examen. Se había esforzado por ser diferente para volverse como las ocho personas que admiraba. Sus ídolos, de los cuales ahora formaba parte.

Sébastien Bordenave, otro compañero de clase que debía presentarse al examen después de Mehdi y antes de Clément, ya estaba allí. Llevaba una inmensa caja de dibujos.

—¡Hola, chicos! —dijo—. Llegó el día D.

—¡Claro, el día de reventarlos a todos! —le replicó Mehdi.

Sébastien se contentó con mostrarles un rictus que dejaba ver su estrés y su falta de confianza. Mehdi se acercó a Clément en un aparte.

—Consejo de un vendedor: no dejes hablar al *profe*. Tírale todo lo que tienes para impedir que te interrogue.

—Lo tengo previsto.

*

Ansioso por descubrir el contenido del *pen drive*, Quentin no esperó al final de la clase de inglés para insertarlo en el adaptador de su *smartphone*. Se había colocado discretamente un auricular Bluetooth en una oreja por si había sonido.

¿Qué más habría maquinado Clément?

El dispositivo tenía un documento Word y un archivo de video.

Quentin abrió documento. Se trataba de un mensaje de Quentin.

Pesqué esto la noche en que merodeaba alrededor de tu casa para asustaros. Como podrás comprobar, también tuve mi dosis de miedo. Lo filmé con mi iPhone. Haz lo que quieras con el video. ¿Por qué no algo para tu canal de YouTube? En cualquier caso, te lo regalo.

Clément

Quentin abrió de inmediato el video.

Las primeras imágenes eran difusas, oscuras, temblorosas, como si buscaran descubrir algo en el cielo. Luego, se estabilizaron. Quentin reconoció al fin la casa del Col de Vence. Un movimiento panorámico reveló en el cielo sobre la propiedad, había tres luces que formaban un triángulo isósceles. La misteriosa aeronave se mantenía vertical sobre la mansión. Se distinguía con nitidez el objeto volador que producía un ligero ronroneo.

El *zoom* permitió ver que el OVNI tenía iluminados sus tres ángulos y que era totalmente liso, sin aberturas aparentes. Su tamaño superaba de lejos el de la casa.

El objeto giró sobre sí mismo para presentarse de perfil y convertirse en una línea que solo quedaba delimitada por dos únicas luces. ¡No era más grueso que una hoja de papel!

De vez en cuando, se escuchaban los «¡Mierda!» de Clément mientras lo filmaba. Luego, un plano amplio abarcaba la mansión y el cielo estrellado, marcado por una flecha luminosa que había dejado la salida resplandeciente del objeto volador. La puerta de entrada se abrió, se veía a Marie escrutando los alrededores antes de ir a esconderse detrás de una cerca. A su vez, apareció Maxime en la escalinata. Llamó a Marie, que salió de pronto de su escondite. Corrió aullando hacia Maxime, que retrocedió aterrorizado tropezando con Camille.

El video terminaba ahí. Quentin sonrió al recordar ese episodio que ilustraba la sesión de Ouija. ¡Menuda noche! ¡Hasta los extraterrestres habían participado! Clément no solo había elucidado el misterio de los ruidos de motor sobre la casa, sino que le había dado una primicia que iba a hacer explotar la cantidad de reproducciones de su canal de YouTube.

*

Sentado ante el escritorio, el profesor de arte contemporáneo agradeció a Sébastien Bordenave su presentación. Sin emitir comentarios, redactó una apreciación en su cuaderno y le pidió al estudiante que hiciera entrar a Clément Bourdon.

Concentrado en lo que estaba escribiendo, escuchó que la puerta se cerraba sin ver quién había entrado. Cuando finalmente elevó la vista, se sorprendió ante la presencia de una niña que estaba de pie, en medio de la sala. No distinguía bien su rostro, cubierto en parte por una mascarilla quirúrgica.

La extraña niña avanzó hacia él renqueando y se plantó delante del escritorio.

—¿Quién eres? —le preguntó el profesor.

—¿Soy guapa? —le preguntó la intrusa con voz sofocada.

—Creo que te has equivocado de clase, pequeña. Estoy esperando a Clément Bourdon.

—¿Soy guapa?

—¿De qué hablas? ¿Se trata de una *performance*?

—¿Soy guapa?

—¿Me vas a decir a que viene todo esto?

—¿Soy guapa?

—Sí, ¿y qué?

Ella se quitó la máscarilla.

—¿Y así? —preguntó.

El profesor se echó hacia atrás al ver la inmensa llaga que abría el rostro infantil hasta las orejas.

—¿Dónde... dónde está Clément Bourdon? —balbuceó el profesor.

—¡Detrás de ti!

AGRADECIMIENTOS

A Julianne Leroy,
Por la elección de la *playlist*, por tus recuerdos de fiestas estudiantiles, por tus *fotos de autor*, y, por supuesto, por todos tus consejos sobre arte contemporáneo. Tus estudios en la orientación de Artes Aplicadas y en la escuela superior de arte me inspiraron para escribir este relato puramente ficticio, en el que cualquier semejanza con personas o situaciones existentes o que hayan existido sería una absoluta casualidad.

A Emmanuel Forat,
Por tu apoyo, tus consejos sensatos y tus datos sobre videojuegos.

A Tony Bolanos,
Por haberme informado sobre las *taser* en plena partida de póker.

A Pascale Lafay,
Por tu video *Ouvre les yeux*, que inspiró a uno de mis perso-

najes, y que puede verse en www.pascalelafay.com/transformation/

Al equipo de Rageot.
En especial, Guy Desnounes, por su perfeccionismo, y a Mureille Coueslan por haber deseado tanto esta novela. Gracias a los dos por su confianza en mí.

CRÉDITOS DISCOGRÁFICOS

P. 38: *Wake Me Up*, Avicii ft. Aloe Blacc, © Avicii, Aloe Blacc, Tim Bergling, Mike Einziger – UMSM, Universal Music (2013).

P. 39: *Rosemary's Baby*, Fantômas, © Mike Patton – Ipecac Recordings, del álbum *The Director's Cut* (2001).

P. 46: *Basique*, Orelsan, © Aurélien Cotentin, Matthieu Le Carpentier – 7th Magnitude, 3e bureau, Wagram, del álbum *La fête est finie* (2017).

Pp. 56-57: *Californication*, Red Hot Chili Peppers, © Anthony Kiedis, Chad Smith, Flea, John Frusciante – Moebetoblame Music (BMI), Warner Bros. Records, del álbum *Californication* (1999).

P. 79: *Chuckie*, Geto Boys, © del álbum *We Can't Be Stopped*, 1991.

P. 81: Havana, Camilla Cabello ft. Young Thug, © Camila Cabello, Brittany Hazzard, Ali Tamposi, Brian Lee, Andrew Watt, Pharrell Williams, Jeffery Lamar Williams, Adam Feeney, Louis Bell – Epic Records/Sony Music Entertainment, Syco Music, extrait de l'album *Camilla* (2017).

P. 82: Querer querernos, © Canserbero, del album *Can vive*, 2011.

P. 229: Feels, Calvin Harris ft. Pharrell Williams, Katy Perry & Big Sean, © Adam Wiles, Pharrell Williams, Katy Perry, Brittany Hazzard, Sean Anderson – Sony Music Entertainment, extrait de l'album *Funk Wav Bounces Vol. 1* (2017).

P. 272 : Complicated, Dimitri Vegas & Like Mike, © Angemi Antonino, David Guetta, Dimitri Thivaios, Michael Thivaios, Hailey Collier, Peter Hanna, Kiara Saulters, Ethan Roberts – Smash the House, Epic Records/Sony Music Entertainment (2017).

P. 295 : Redbone, Childish Gambino, © Donald Glover, Ludwig Göransson, William Earl Collins, George Clinton, Gary Cooper – Etic System, extrait de l'album *Awaken, My Love!* (2016).

BIBLIOGRAFÍA

– *Les Invisibles du col de Vence*, del I.C.D.V. (Éditions Nérusi)
– *Les Mystères du col de Vence*, de Pierre Beake (Éditions Le Temps Présent)

EL AUTOR

Philip Le Roy es escritor y guionista. Se lanzó a la literatura a 200k/h en 1997 con *Pour Adultes Seulement*, «una bomba textual súper energizante» (*Le Monde*), «uno de los mejores relatos policiacos de los últimos años» (*La Griffe Noire*). Su personaje fuera de lo común, el criminólogo zen Nathan Love, aparece por primera vez en *Le Dernier Testament*, galardonada con el Grand Prix de Littérature Policière 2005 y traducida a varios idiomas. Para la televisión, imaginó a una heroína dura de matar en la serie de acción *The Way*.

En *S.I.X.*, destacada incursión en el thriller para adolescentes, no crea un héroe fuera de serie, sino seis. Su afición por jugar con el miedo en los thrillers lo llevó a hacer de este el tema central de *En la casa*.

Cuando no viaja, reside en Vence con su esposa y sus tres hijas. Se dedica a la escritura y a las artes marciales.

Puedes encontrar más información en su página de Facebook y en su página web:

www.philipleroy.com